DOS FARAÓS
À FÍSICA QUÂNTICA

RICARDO
DI BERNARDI

DOS FARAÓS
À FÍSICA QUÂNTICA

RICARDO DI BERNARDI

Sumário

Agradecimento 7

Homenagem 9

Prólogo 11

Introdução 13

1   Bramanismo e Reencarnação 15

2   Jainismo e Reencarnação 19

3   Budismo e Reencarnação 21

4   Egípcios Faraônicos e Reencarnação 25

5   Zoroastrismo e Reencarnação 35

6   Maniqueísmo e Reencarnação 39

7   Judaísmo e Reencarnação 41

8   Islamismo e Reencarnação 45

9   Sufismo e Reencarnação 49

10	Siquismo e Reencarnação	53
11	Espiritismo e Reencarnação	57
12	Ordem Rosacruz e Reencarnação	67
13	Teosofia e Reencarnação	71
14	Projeciologia, Conscienciologia e Reencarnação	77
15	Seicho-No-Ie e Reencarnação	85
16	Psicanálise e Reencarnação	89
17	Parapsicologia e Reencarnação	99
18	Antroposofia e Reencarnação	107
19	Logosofia e Reencarnação	113
20	Cristianismo e Reencarnação	115
21	Física Quântica: Um Novo Horizonte	129
22	Física Quântica e Reencarnação	141
23	Conclusão	147
24	Posfácio	153

Referências Bibliográficas 155

Agradecimento

Ao reeditarmos este livro, não poderíamos deixar de registrar nosso reconhecimento à Intelítera Editora, em especial à família Saegusa, que tem nos atendido com profissionalismo e dedicação.

Que as energias cósmicas superiores permitam o envolvimento da sua equipe em luz e harmonia para a execução do seu nobre trabalho.

O autor

Homenagem

Graças à equipe estudiosa e dedicada do Instituto de Cultura Espírita de Florianópolis (ICEF), nossas reuniões são filmadas e interagimos, ao vivo, com todos os continentes do Planeta.

Atualmente, nossos estudos e diálogos são abertos à participação, acompanhados via Internet com som e imagem, às quartas-feiras, às 20h00, durante a realização do nosso programa pelo site www.icefaovivo.com.br.

Não há como deixar de registrar nossa alegria ao constatarmos que inúmeras pessoas, antes sem acesso às informações em nosso campo de pesquisa, investigação e análise, podem hoje nos questionar, livremente, sobre temas tão complexos quanto belos, como a Reencarnação.

Expressamos aqui nosso carinho e gratidão a todos os companheiros do ICEF.

Prólogo

Conta determinada lenda, que um respeitável ancião contemplava à luz do sol, um espelho chamado Verdade.

Do alto da montanha, observava os raios solares incidirem sobre a face brilhante do espelho, percebendo que este refletia toda a luz e sabedoria do Amor Universal.

Ao pé da montanha, inúmeras crianças brincavam inocentemente, correndo pelos campos floridos.

Subitamente, eis que o espelho da verdade escorrega das mãos do venerável ancião e desce pela encosta do monte, chegando ao vale onde as crianças se encontravam.

A verdade se espatifa em inúmeros fragmentos, que se espalham pelos verdes campos, sob o olhar pueril e atônito dos pequenos seres em desenvolvimento.

As crianças acorrem ao sopé da montanha e seguram a verdade fragmentada, extasiando-se com a luz refletida. Acreditando terem todo o espelho, sentiram-se donas da verdade, ignorando os demais segmentos que também refletiam a luz do alto.

    Possamos, cada um de nós, ter consciência de que o espelho fracionado que observamos é belo, reflete a Luz Maior do Universo, mas é um fragmento da Verdade.

O autor

Introdução

Ao Longo da História, civilizações destruíram-se mutuamente. Cidades e campos foram inundados por verdadeiros lagos de sangue e lágrimas, em nome de instituições religiosas que se antagonizaram.

Vimos bandeiras das mais diferentes cores e emblemas traduzindo significados diversos, mas, na realidade, expressavam acima de tudo posições de egoísmo, orgulho e ferocidade.

Exércitos trucidaram-se mutuamente, arrastando consigo legiões de civis que, incautos, foram envolvidos ou inocentemente manipulados em seus sentimentos e emoções religiosas.

O homem tem procurado perceber sempre as diferenças entre povos e religiões. Observa, fundamentalmente, as suas diversidades e pouco aprende sobre o seu semelhante. Suas diferenças são superdimensionadas até o ponto da incompatibilização total com as demais filosofias ou religiões.

O desejo do poder, aliado ao temor da perda de adeptos, tem criado, ao longo da história das civilizações, os mais absurdos conflitos entre povos irmãos.

Estudando, rapidamente, os chamados "livros sagrados", desde o Alcorão com suas interessantes Suras até a Bíblia, passando por diversas obras tanto do Ocidente como do Oriente, surpreendemo-nos com a semelhança de determinados conceitos expressos em toda a literatura pesquisada. Conceitos estes que a Ciência Moderna, através da Física Quântica, faz renascer com novo enfoque, mas com a mesma essência.

Procurando estabelecer um estudo comparativo sobre a ideia das vidas sucessivas nos diversos recônditos do Planeta, chegamos à conclusão de que, se os homens não tivessem criado a "Torre de Babel" dos interesses pessoais, no decorrer dos séculos, parece mesmo que a linguagem seria única...

1
Bramanismo e Reencarnação

Considera-se que o Bramanismo ou, como preferem alguns autores, o Hinduísmo seja a religião mais antiga do planeta Terra. Citemos de forma condensada os aspectos básicos desta religião.

Brama é a causa, o ser, a essência do Universo e, segundo o Bramanismo, não é possível conceituá-lo nem explicá-lo, apenas senti-lo.

Os primeiros livros sagrados da religião brâmane são os Vedas, os quais são completados em seguida pelos *Upanichades*. O Bramanismo foi a primeira religião a conceber a ideia da evolução da mônada ou princípio espiritual incrustado em todas as criaturas. No ser humano, já se refere ao Ego.

Na visão brâmane, fala-se em três aspectos do componente espiritual. São eles: "Sat", "Ananda" e "Chit". No reino mineral, surge "Sat", ou seja, a manifestação de Brama, significando apenas existência. "Ananda" e "Chit" só existem em estado latente.

No reino vegetal, "Ananda" é a manifestação de Brama na fase da *sensibilidade*, principia o seu despertar e posteriormente, no transcorrer da evolução, originará uma forma superior de manifestação nos animais.

No mundo animal há o *início* de "Chit", a manifestação de Brama na fase do conhecimento. No reino humano, segundo as raças e os indivíduos, "Sat", "Ananda" e "Chit" se evidenciam com maior ou menor expressão. A finalidade da evolução desses três aspectos é a identificação do homem com Brama ou a plenitude da sabedoria.

O ciclo das Reencarnações torna viável a pretendida identificação com Brama. O Bramanismo se refere ao lento e incessante girar da roda dos renascimentos e mortes, com passagem pelos três mundos: o físico, o astral e o mental, até que chegue à libertação. O objetivo de todas as escolas do Bramanismo é essa libertação da roda dos nascimentos e mortes, à qual denomina SANSARA, o que corresponde às Reencarnações sucessivas.

Uma palavra sânscrita, *"carma"* (*karma*), que significa ação, é uma lei eterna e imutável, e determina o ciclo das existências. É a Lei de Causa e Efeito, de mérito e demérito, de semeadura e colheita, no sentido de que a colheita depende obrigatoriamente da semeadura.

A responsabilidade por suas atitudes cabe sempre ao homem, segundo a lei do carma. Os atos praticados são, efetivamente, a causa, produzindo o efeito idêntico. Esta lei explica o destino do homem como trama urdida por ele mesmo. Não fala propriamente em castigo ou recompensa, apenas relata a justa e inexorável consequência de atos bons ou maus por ele praticados. É a lei atuando dentro do mais rígido espírito de justiça.

O carma não prevê as penas eternas (como o inferno, por exemplo) ao indivíduo faltoso, mas, por intermédio do ciclo das existências, lhe oferece a possibilidade de anular ou atenuar, pela ação construtiva, o mau carma que criou para si mesmo. Perante as adversidades e as injustiças da vida, o homem aprende a ser generoso e justo.

Vida após vida, o trabalho regenerador, o burilamento, por assim dizer, do espírito, ocorre paulatinamente e na dependência única e exclusiva do esforço da própria pessoa. Segundo o Bramanismo, cabe ao homem encurtar ou prolongar seu período de evolução.

Na concepção brâmane, não há fatalismo no carma, porque ao homem é conferido o livre-arbítrio que lhe propicia tomar decisões para permitir que seu carma seja reduzido e até esgotado precocemente. A Reencarnação é, portanto, a oportunidade renovada de dirigir o ser humano para os elevados fins de sua criação, ou seja, a identificação com o Criador.

As escrituras sagradas dos hindus, os Vedas, remontam a datas muito longínquas. O mais antigo, e o mais importante deles, o Rigveda, deve ter sido escrito há 10 mil anos a.C. Os Upanichades, palavra sânscrita que significa "sentar-se ao lado", são considerados como conclusão dos Vedas.

Existe, na literatura sagrada do Bramanismo, referência clara e minuciosa sobre as vidas sucessivas e progressivas. As escrituras hindus não fazem qualquer menção à regressão ou involução, ficando esta crença para a mente crédula e supersticiosa do povo menos esclarecido, que interpretou certas alegorias como a possibilidade de homens reencarnarem em animais. Referências mal-intencionadas também podem ser encontradas em literaturas que procuram denegrir a imagem do Hinduísmo, correlacionando esta religião com as absurdas reencarnações de espíritos humanos em espécies animais.

2
Jainismo e Reencarnação

Logo após o Bramanismo, é necessário que se comente o Jainismo, surgido como um ramo derivado de uma diversificação dos brâmanes. Embora não tão antigos quanto os hinduístas, os jainas, nome atribuído aos partidários do jainismo, começaram o seu movimento religioso aproximadamente 600 anos a.C.

Caracterizam-se por ser uma rica e influente derivação do Hinduísmo (= Bramanismo), com o qual se identificam na aceitação da eternidade da matéria e do espírito. Denominam a matéria de Draya e o espírito de Jiva. Ambos traziam a característica da eternidade, no sentido de não possuírem nem princípio nem fim.

O fundador deste movimento religioso passou para a história como mestre Mahavira, e viveu na mesma época de Buda. Mahavira se tornou vencedor das misérias da vida, assumindo assim a denominação Jina, da qual se originou a palavra Jaina, incorporada posteriormente como designação genérica de partidário do Jainismo.

No que se refere ao nosso estudo comparativo sobre as concepções da Reencarnação, conforme os jainas, Jiva (o espírito) tem sua evolução por meio dos nascimentos sucessivos e está, igualmente, ligado à lei do carma.

Talvez pela contemporaneidade com Buda, há muitos aspectos semelhantes entre a filosofia de vida dos jainas e dos budistas. Hoje, os jainas contam alguns milhões de adeptos, localizados principalmente na Índia.

Um dos aspectos notórios na filosofia jaina é a questão da violência. Os ascetas jainas têm por norma respeitar a todo ser vivente, o que inclui até os insetos, que não eliminam.

Os templos jainas são famosos pela beleza arquitetônica, sendo o do Monte Abu riquíssimo e considerado como uma das maravilhas da Índia.

Transcrevemos um trecho do livro *Filosofia Jainista*, do autor Dr. Mohan Lai Mehta:

Nossa vida presente nada mais é do que um elo da grande cadeia do circuito transmigratório. A doutrina do carma perde a significação, se estiver ausente uma doutrina de transmigração amplamente desenvolvida. A alma, que passa através de vários estágios de nascimento e morte, não deve ser tida como uma coleção de hábitos e atitudes. Ela existe sob a forma de entidade independente, à qual todos esses hábitos e atitudes pertencem. É entidade espiritual e imaterial, mostrando-se permanente e eterna em meio a todas as modificações.

3
Budismo e Reencarnação

O Budismo teve seu berço na Índia, propagando-se celeremente pela China e Birmânia, assim como pelo Tibete, Ceilão e Japão, chegando a atingir 33% da população mundial. Com relação à figura de seu fundador, Gautama, o Buda, e ao Budismo, há muitas informações contraditórias e, sobretudo, tendenciosas que parecem ter o propósito de denegrir sua imagem. Uma destas versões atribui a morte de Buda a uma indigestão por carne de porco, quando Buda era vegetariano e abstêmio.

Siddhartha Gautama nasceu no século VI a.C., filho de um rei que governava o reino Kapilavastu, nos Himalaias. Foi, desde cedo, instruído por um sábio chamado Vivamitra.

Gautama demonstrou sempre ter elevado potencial intuitivo e o fez precocemente. Apesar do austero controle do seu pai, procurou se informar sobre as reais condições de vida além dos muros palacianos. Decidiu descobrir a causa da dor e da morte e, partindo dessas ideias iniciais, meditou profundamente. Foi quando recebeu a iluminação e passou a ser Buda, palavra que significa "iluminado" ou sábio.

O Budismo não distingue castas e professa cinco mandamentos:

Não matar;

Não roubar;

Não mentir;

Não faltar à castidade;

Não embriagar-se.

Conforme a concepção budista, o ciclo das existências deve levar ao *Nirvana*, que não é, de forma alguma, conforme muitos acreditam, *a extinção de tudo*, embora a palavra *nirvâna* tenha o significado de extinguir-se e seja a raiz da qual derivou Nirvana.

Nirvana exprime *identificação*, porque mostra claramente a identificação do espírito humano com Deus, o que requer a extinção da personalidade e não do ser.

São pensamentos budistas:

Quando o espírito humano se identifica com Deus, deixa de ser espírito individual, conserva a indestrutível consciência de si mesmo em unidade com todos os seres, no Deus Absoluto, isto é, o Nirvana.

Tal identificação, segundo o Budismo, é alcançada após a libertação do ciclo de existências, da série lenta e sucessiva das reencarnações.

Disse Buda: *Considera-se um brâmane um homem que tem conhecimento da morte e dos renascimentos de todos os seres; o que conhece suas vidas pregressas, o céu e o inferno; aquele que chegou ao fim da corrente dos nascimentos, e é dono da sabedoria, tendo realizado tudo quanto deve ser realizado.*

Após muitos anos de isolamento e profunda meditação, as conclusões de Buda são resumidas em quatro verdades nobres e oito trilhas.

As quatro verdades nobres são:

1 - Todo Viver é Dor.

2 - O Sofrimento vem da cobiça e do desejo.

3 - A Libertação do sofrimento vem da cessação do desejo.

4 - O Caminho para a supressão do desejo é a Senda das oito trilhas.

As oito trilhas são:

1 - A Crença Reta.

2 - A Resolução Reta.

3 - O Falar Reto.

4 - A Conduta Reta.

5 - A Ocupação Reta.

6 - O Esforço Reto.

7 - A Contemplação Reta.

8 - A Concentração Reta.

As Escrituras Sagradas do Budismo são denominadas de Tripitaka, que, metaforicamente, significa "os três cestos de flores". É o conjunto da doutrina budista. Cada um dos cestos refere-se a uma parte do pensamento e da prática...

Abordam as normas reservadas aos monges budistas, os sermões atribuídos a Buda, as diversas passagens da sua biografia, e os provérbios e máximas que edificam os valores éticos do homem. Os livros mencionados apresentam partes escritas em prosa e outras em verso, constituindo o mais volumoso acervo de escrituras religiosas que se tem notícia no mundo.

O Budismo, em função de sua antiguidade e expansão, sofreu algumas ramificações, sendo a dicotomização nas escolas de Hinayana e Mahayana a principal delas. O conceito da pluralidade das existências, ou seja, da Reencarnação, apesar das ramificações existentes, permaneceu aceito por todos os budistas.

4
Egípcios Faraônicos e Reencarnação

Conforme nos informam os estudiosos das religiões, não é possível se designar uma religião egípcia, mas um panteão de deuses maiores ou menores, aos quais eram dedicados cultos específicos em diversas regiões do Egito. A crença nos renascimentos era comum nessa civilização e, além da Reencarnação, alguns grupos, ou mesmo em nível popular, acreditavam na Metempsicose que, conforme sabemos, corresponderia à noção invertida da Reencarnação, sem seu aspecto eminentemente evolutivo. Segundo a Metempsicose, seria possível renascer em animais um espírito já evoluído à condição humana. Um retrocesso, portanto.

Façamos aqui, antes de continuarmos este breve resumo sobre a religião dos egípcios primitivos, algumas considerações, esclarecimentos basilares e conceituações envolvendo Reencarnação e Metempsicose:

Preliminarmente, cremos ser indispensável definir o significado correto do termo reencarnar.

O termo encarnação, que os menos informados confundem com incorporação (vocábulo que designa o fenômeno mediúnico da psicofonia), quer dizer simplesmente mergulhar na carne, no sentido de que espírito ou alma nascem para a vida física.

Da mesma forma que encarnar quer dizer nascer, reencarnar, por extensão, quer dizer retornar à carne, voltar a nascer. Portanto, Reencarnação equivale exatamente a renascimento.

Outro vocábulo de significado análogo ao de Reencarnação é palingênese ou palingenesia. Etimologicamente provém do grego: "palin = de novo" e "genesis = origem"; isto é, novo nascimento.

Após estes esclarecimentos, respeitando os neófitos em estudos do gênero, é nosso dever fazer referência à *metempsicose*, termo confundido com a Reencarnação, mas que dela difere substancialmente do ponto de vista filosófico, conforme exporemos a seguir.

Metempsychosis é uma palavra grega, mas sua origem histórica remonta ao antigo Egito. Pitágoras, famoso matemático e filósofo, foi quem trouxe às terras helênicas a ideia de metempsicose. Segundo este conceito, pressupõe-se possível a transmigração de almas, após a morte, de um corpo para outro, sem ser da mesma espécie evolutiva. Seria o renascimento de um homem em animais, numa concepção distorcida, como, aliás, alguns veem, pejorativamente, a Reencarnação.

Basicamente, a Reencarnação admite sempre o aspecto evolutivo e presume retornos à vida física, em uma **espiral crescente** de aquisição de valores e experiências para o espírito.

A metempsicose é geralmente encontrada nas culturas primitivas, nos mais diferentes aspectos. Os seus adeptos creem que uma alma animará sucessivamente diversos corpos, que podem ser tanto de seres humanos como de animais (até insetos) ou vegetais.

Visões quase folclóricas destes renascimentos podem ser observadas em núcleos populacionais restritos a algumas regiões da Índia. Por exemplo: em Assam, acreditavam ser possível retornar à vida como insetos. Assim, chegavam a dizer que os cantores renasceriam como cigarras...

O povo egípcio primitivo provavelmente expressava com a crença na metempsicose uma versão popular do conceito que seria ensinado nos templos como a Reencarnação. Supunham, desta forma, ser uma punição dos deuses, por comportamento indevido nas vidas passadas, o renascer como um gato, camelo, cavalo ou outros animais.

Plotino (205-270 a.D.) e Orígenes (185-254 a.D.) contestaram a propriedade semântica do termo metempsicose:

Plotino sugeriu que se substituísse por metemsomatose, uma vez que haveria, na realidade, mudança de corpo (soma) e não de alma (psyché).

Como podemos observar, não existe na visão reencarnacionista a possibilidade de retroagir, já que o espírito a cada nova vida adquire experiência e desenvolve aptidões. Os renascimentos devem ocorrer dentro de uma mesma espécie e acompanhando, inclusive, o desenvolvimento destas. A própria presença do espírito na carne e seus retornos sucessivos, arquivando experiências, seria o fator impulsionador da evolução das espécies.

Encontramos nos relatos dos espíritos, por inúmeras fontes fidedignas, um exemplo clássico de entidades que migraram de outros astros, reencarnando no nosso planeta Terra, influenciando não só no seu aumento populacional, que é um detalhe secundário, mas no seu desenvolvimento global. Falamos dos egípcios primitivos.

Além de outros povos, este constitui um exemplo bastante elucidativo, haja vista a disparidade de conhecimento entre eles e as demais civilizações existentes naquela época. Os egípcios assombraram por muitos séculos ou milênios o homem terreno, pelas marcas que deixaram, desde as construções arquitetônicas até os conhecimentos de Matemática, Física, Astronomia, Medicina, etc. Conhecedores da Reencarnação, também possuíam, em nível de iniciação sacerdotal, muitas informações sobre a dinâmica que rege o renascimento.

Conforme disse o Mestre Jesus: *Há muitas moradas na casa de meu pai.* Entendemos como "casa do Pai" não um céu de anjos alados ou beatos rosados, apoiados com suas grossas sandálias nas fofas nuvens do Além, harpejando sonoros hinos ao Senhor. A casa do Pai é o Universo infinito e multidimensional.

Na pluralidade dos mundos habitados, há planetas "jovens" onde reencarnam espíritos primitivos, aquém do estágio evolutivo da nossa Terra, como também existem astros, na incomensurabilidade das galáxias, nos quais renascem espíritos de elevado nível evolutivo ético e intelectual. Em determinadas circunstâncias, ocorrem transmigrações de espíritos que são deslocados para outros orbes mais adequados ao seu processo de lenta evolução.

Muitas são as razões que determinam as transmigrações de espíritos, mas a primeira e mais objetiva poderia ser resumida no seguinte conceito: não haveria mais sintonia entre o seu padrão energético vibratório com o padrão correspondente ao astro em que vinham renascendo. Significa dizer que passariam a atrapalhar o progresso dos demais, caso permanecessem no mesmo orbe. Em virtude de seu atraso, não encontrariam também, no referido astro, o campo de provas mais adequado às suas características.

Ao serem deslocados para mundos mais primitivos, passariam a ser verdadeiros missionários (paradoxalmente), nesses globos de expressão rudimentar, no que diz respeito à vida intelecto-moral. Nos novos mundos, seriam também aquinhoados com novos e vigorosos estímulos educativos, tendo em vista as dificuldades encontradas.

A Sabedoria Universal, portanto, por meio de suas leis onipresentes e sábias, determina, pelas forças naturais e consciências superiores e responsáveis, as migrações periódicas de grupos ou povos, o que resulta em benefício amplo a todos os envolvidos. Além do benefício direto aos transmigrados, há que se considerar o alívio da sua ausência para os habitantes do astro que deixaram. Os que lá permaneceram estarão livres de sua ação nefasta e perturbadora da paz. Favorecidos ainda são os habitantes do astro que os recebe, pois lá os recém-chegados pelas portas da Reencarnação serão, no meio primitivo, impulsionadores do progresso.

Os egípcios, conforme dados obtidos por diversas manifestações mediúnicas, foram migrações de um astro, mais precisamente de um planeta ligado à estrela de Capela, na Constelação do Cocheiro. Pelas razões anteriormente expostas, estes capelinos foram agrupados, à medida que desencarnavam, e depois enviados para renascer na Terra.

O trauma psicológico que acometeu este povo se manifestava em nível inconsciente, fazendo-os crer na metempsicose. Referimo-nos à sensação subjetiva de retrocesso, por estarem reencarnados em corpos humanos terráqueos, mais inferiores aos que desfrutavam em Capela, de onde provieram. Tal sensação proporcionava-lhes, no inconsciente, a subjetiva e falsa impressão de renascerem em animais. Impressão associada a condutas antiéticas, cometidas em vidas anteriores.

Como sabemos, a referida doutrina ensinava ser possível renascer em espécies inferiores, quando o comportamento do homem não fosse digno perante a lei dos deuses. Acreditavam que uma espécie de punição era imposta aos maus, forçando-os a renascer como animais para expiarem suas faltas. Sabemos hoje, pela doutrina da Reencarnação, não ser possível isto, pois o espírito sempre progride e jamais retrocede.

Energeticamente, não é possível a sintonia de um espírito humano com o organismo de um animal, pois existe uma grande diferença de frequência vibratória entre ambos. O fato é que os capelinos, ao se sentirem reencarnados como *Homo sapiens* na Terra, se achavam menos confortavelmente instalados em relação à estrutura corporal que os abrigava no Sistema de Capela. Na realidade, não ocorrera retrocesso, mas simplesmente uma adequação à sua realidade interior. A sensação inconsciente dessa mudança para uma espécie humana diferente, no novo *habitat*, gerou a crença em ser possível renascer numa espécie inferior, ou Metempsicose.

Após estes esclarecimentos e considerações, visando a esclarecer a importante diferenciação entre Metempsicose e Reencarnação, seguimos com nossos estudos comparativos...

Os egípcios consideravam que o homem, além do corpo físico, tem um corpo espiritual, que chamavam de "Ka", e uma essência espiritual ou espírito. Os sacerdotes ou iniciados tinham a noção de que a salvação não estava no culto exterior, mas no próprio interior do homem, e diziam: *O coração de um homem é o seu próprio Deus.*

Segundo a religião dos egípcios primitivos, a alma do morto deve comparecer diante de Osíris que, através do "peso do seu coração" – o que podemos entender como a consciência dos seus atos – os julga, com o auxílio de 40 juízes. Aquele que foi bom e justo identifica-se com Osíris, no mundo divino, ao passo que o culpado é remetido para um ambiente infernal. Na presença de Osíris, o espírito (morto) recita uma curiosa declaração:

"Não cometi nenhum roubo com violência.

Não furtei.

Não matei homem nem mulher.

Não roubei grãos.

Não roubei oferendas.

Não roubei a propriedade de Deus.

Não menti.

Não levei comigo o alimento alheio.

Não proferi maldições.

Não cometi adultério nem me deitei com homem.

Não fiz ninguém chorar.

Não estive melancólico.
Não ataquei ninguém.
Não andei ouvindo atrás das portas.
Não caluniei.
Não me encolerizei sem causa.
Não agi levianamente.
Não falei demais, e em vão.
Não amedrontei ninguém.
Não perturbei a ordem.
Não tirei o pão de uma criança."

Na nossa opinião, há algo muito significativo nessa concepção de que o "peso do coração" é que deve salvar ou condenar o homem. Há uma ideia de que salvação não vem de fora, por interferência de Deus ou da religião, mas da própria consciência.

Na história do Egito se destaca a figura de Hermes Trimegisto, que certos autores chamam de filósofo egípcio. O termo "Trimegisto" significa "três vezes grande", por sua erudição nos diversos ramos da cultura humana. Seus aforismos, máximas ou sentenças de interpretação difícil, sempre com sentido esotérico, originaram a designação de "hermético", vocábulo derivado de Hermes.

Chama-se, ainda hoje, de hermético a tudo que dificilmente é interpretado ou de difícil abertura. Ciências Herméticas equivalem a ciências ocultas ou fechadas a um grupo.

O *Livro dos Mortos* tem sido atribuído a Hermes Trimegisto. Ele descreve a viagem da alma após a morte, através de localizações que são chamadas de *Amenti*. Consideram-no autor de inúmeros tratados religiosos, dos quais existem "Fragmentos", divulgados pelos gregos romanos com prováveis alterações. Nos "Fragmentos Herméticos" há referências, não muito claras, à Reencarnação, entre as quais citaremos a conversa do Deus Horus com sua mãe, Isis. Neste diálogo, a deusa diz a Horus para se livrar da impressão de que as almas se dispersam no espírito universal e infinito, sem manter sua identidade e sem *VOLTAR PARA SUA MORADA ANTERIOR*.

Não resta a menor dúvida que as informações sobre renascimentos ou pluralidade das existências eram um conhecimento bastante disseminado na Cultura Egípcia Faraônica.

5
Zoroastrismo e Reencarnação

Os antigos persas tiveram em Zaratustra ou Zoroastro o iniciador desta religião, conhecida como Zoroastrismo ou, ainda, como Mazdeísmo, Magismo ou Parsismo.

O nome Zaratustra significa estrela dourada ou esplendor do sol. É importante salientar que os pársis ou zoroastrianos não eram "adoradores do fogo", como foi divulgado por seus adversários, mas faziam do fogo o símbolo do Espírito Imortal e Puro.

Seus templos não têm imagens, exceto o fogo para o culto simbólico. Possuem um "deus menor", chamado Mitra, que protege os homens, o qual em torno de 226 a.C. chegou a ser o "deus principal", gerando o Mitraísmo.

A religião dos persas chegou a tornar-se popular entre os soldados romanos que contribuíram para a divulgação de seus conceitos no mundo ocidental. O Mitraísmo exerceu significativa influência, tanto sobre a sociedade como sobre o governo de Roma.

Alguns conceitos desta religião teriam sido assimilados pelas religiões ocidentais e jamais deixariam de existir completamente, tais como a luta perpétua do bem contra o mal, ambos representados por forças de poder quase equivalentes...

No livro *Os Mistérios de Mitra*, o escritor belga, Franz Valery Marie Cumont (1868-1947), faz um excelente estudo sobre esta influência.

A mais antiga coleção de livros sagrados da Pérsia se chama Zend-Avesta, cujo termo significa "comentário da revelação". Segundo uma lenda sagrada, os anjos levaram Zoroastro a Ahura-Mazda – que quer dizer "Senhor, grande sábio" –, e este lhe revelou as leis.

Os chamados "sacerdotes do Avesta" constituíam uma casta hereditária. A função sacerdotal já era determinada ao nascimento. A lei religiosa controlava rigidamente os lucros advindos do culto. A luta da força do bem contra a força do mal sempre foi um conceito fundamental para os adeptos do Zoroastrismo.

O bem era representado por Ahura-Mazda, como Ormuz, uma entidade de aspecto luminoso, distribuidor da "luz que ilumina", do "fogo que aquece" e da "água que alivia a sede e fecunda os campos", gerando alimento para os seres humanos.

Ormuz é servido pelos gênios do ar, do fogo, da água, do sol, da lua e das estrelas. O oponente de Ormuz é simbolizado por Ahrimán, o Senhor dos gênios malignos ou espíritos que destroem. Há, na concepção do Mazdeísmo, uma constante e perpétua batalha entre Ahrimán e Ormuz, junto com seus auxiliares.

No que se refere ao nosso estudo comparativo acerca da ideia das vidas sucessivas, consideramos que a Reencarnação não é parte integrante do credo Zoroastriano ou do Mitraísmo. No entanto, os modernos pársis, de forma pessoal, costumam fazer referência às vidas anteriores.

A religião dos persas chegou a tornar-se popular entre os soldados romanos que contribuíram para a divulgação de seus conceitos no mundo ocidental. O Mitraísmo exerceu significativa influência, tanto sobre a sociedade como sobre o governo de Roma.

6
Maniqueísmo e Reencarnação

Tudo leva a crer que o Maniqueísmo foi originado na Babilônia por intermédio do seu fundador Mani ou Maniqueu. Para os maniqueístas, assim como para os cristãos, era ensinado que todos os homens, qualquer que fosse a raça ou condição, seriam salvos. Religião de caráter universalista, portanto.

Mani desejou rever alguns conceitos ou leis do Zoroastrismo. Sua atitude levou ao rei da Pérsia, Sapor I, a repeli-lo no ano 242 d.C. Em função dessa dificuldade, Maniqueu passou a fazer viagens de pregação. Ao retornar à Pérsia, tendo insistido em suas ideias, foi perseguido e crucificado pelo clero aos 60 anos de idade.

A concepção da bipolarização, o "bem" e o "mal", constitui a tônica do Maniqueísmo. O homem tem uma alma luminosa e um corpo escuro e, no fogo, a chama e a fumaça simbolizam o dualismo eterno. Não há imagens nem sacrifícios.

As preces podem ser dirigidas ao Sol ou à Lua, como manifestação da Luz Universal. Os maniqueus admiravam as parábolas de Jesus e eram pessoas pacíficas e tolerantes, o que não impediu que fossem muito perseguidos por outras religiões. Santo Agostinho manifestou muito interesse no estudo do Maniqueísmo.

No que se refere à expansão desta religião, houve expressiva disseminação em países como Turquestão, Índia e China. No Ocidente, em 290 d.C., o imperador Deocleciano proibiu suas manifestações.

Na região sul da França, originou-se do Maniqueísmo uma poderosa seita, a dos cátaros ou albigenses, cujo significado é "puros". A partir desta região, seus adeptos disseminaram-se por diversos países europeus. Os albigenses existiram do século X até o século XIV, quando foram barbaramente destruídos pela Inquisição Cristã.

Para os albigenses, o mundo era uma espécie de local de purificação ou pena, onde os seres humanos deveriam retornar várias vezes, renascendo, a fim de obter a completa reconciliação com o Senhor dos mundos, haja vista que acreditavam na salvação final de toda a humanidade, por intermédio das múltiplas oportunidades concedidas pela Reencarnação.

7
Judaísmo e Reencarnação

Sabemos que o *Velho Testamento* é de grande importância para os judeus. Em que pese esta importância, este livro poderia ser também considerado uma crônica da existência histórica do povo hebreu.

Como todas as escrituras sagradas, o *Velho Testamento* tem um sentido esotérico, que está na Cabala, que significa "receber".

A origem da Cabala não está muito bem esclarecida. Alguns escritores e místicos, principalmente europeus, argumentam que as verdades cabalísticas foram ditadas diretamente por Deus aos Mestres da Grande Loja Branca, que seria uma fraternidade de homens espiritualmente muito mais elevada do que o restante da humanidade.

Os membros dessa fraternidade residiriam em vários planos, inclusive na Terra. Os mestres da Grande Loja Branca teriam a tarefa de difundir, tanto quanto possível, os sentimentos de compaixão e sabedoria para toda a humanidade.

Alguns autores consideram que a Cabala está recompilada no Zohar, pelo rabino Moisés de Leon, publicado em 1280, cujo texto original é atribuído a Simeon Ben-Jochal. Do Zohar, podemos extrair o seguinte trecho:

As almas devem reentrar na substância absoluta da qual emergiram. Para chegar a essa finalidade, entretanto, devem desenvolver todas as perfeições, cujo germe foi plantado nelas. Se não cumpriram essa condição durante uma vida, devem começar outra, e uma terceira, e assim por diante, até que adquiram a condição que as torne preparadas para sua reunião com Deus.

O Talmud é outro livro, código civil e religioso dos judeus, que serve de texto nas sinagogas para ensinar a Lei de Moisés, segundo a tradição oral.

As citações seguintes são da Miscelânia Talmúdica, de Hershon:

A maioria das almas estando, presentemente, em estado de transmigração, Deus dá a um homem aquilo que ele mereceu numa vida passada em outro corpo... Aquele, que deixa de observar qualquer dos 613 preceitos que lhe são possíveis observar, está fadado a sofrer a transmigração (uma vez ou mais de uma vez), até que realmente tenha observado tudo quanto deixou de observar num estágio anterior de ser. (Kitzur Sh'lu).

Do filósofo judeu Philo, cognominado "primeiro teólogo", e considerado o maior da Escola de Alexandria de filósofos, citamos:

O espaço está repleto de almas. As que mais próximas se encontram da Terra descem para se ligar a corpos mortais e retornam em outros corpos, desejando viver neles.

O Rabino Manasses ben Israel, nascido em Portugal e fundador da moderna comunidade judaica da Inglaterra, foi quem conseguiu, em 1650, a revogação do edito de Eduardo I, o qual proibia a permanência dos judeus naquele país. Diz Manasses ben Israel em um de seus livros:

A crença ou doutrina da Reencarnação, da transmigração das almas, é firme e infalível dogma aceito por roda da assembleia da nossa igreja, unanimemente, de forma que nada exista que ouse negar isso. Na verdade, há um grande número de sábios, em Israel, que adere a esta doutrina, fazendo dela um dogma, um ponto fundamental de nossa religião. Estamos, portanto, no dever estrito de obedecer e aceitar este dogma com aclamação, pois a verdade dele foi demonstrada, incontestavelmente, pelo Zohar e por todos os cabalistas.

Se nos detivéssemos em uma pesquisa mais alongada, poderíamos obter maior número de referências alusivas à pluralidade das existências, ou seja, da doutrina da Reencarnação no Judaísmo. São inúmeros os historiadores e filósofos judeus que tecem considerações ou se manifestam claramente favoráveis à ideia das vidas sucessivas.

Não deixaríamos de citar, de forma destacada, o didático trabalho de Nair Lacerda em sua obra *A Reencarnação através dos Séculos*.

A autora mostra inúmeros depoimentos, tanto na primeira quanto na segunda parte da obra mencionada.

Para os estudiosos do Judaísmo, portanto, a Reencarnação pode ser perfeitamente aceita, com base nas mais diversas fontes da tradição judaica.

8
Islamismo e Reencarnação

O Islamismo, também denominado Maometismo, em função do seu fundador, o profeta Maomé, é uma das religiões mais importantes do Planeta, no que concerne ao número de adeptos. Maomé nasceu em Meca, na Arábia Central, pertencia à tribo dos Caraichitas, guardadores do monólito sagrado, a Caaba. Conta-se que Maomé era acometido de transes místicos frequentes, convencendo-se que falava com o anjo Gabriel, que o teria indicado como apóstolo do Senhor.

"Alá é o único Deus, e Maomé é o seu Profeta", repetem os maometanos. Os ensinos de Maomé estão no livro sagrado, chamado Corão ou Alcorão. O Corão contém 114 Suras ou capítulos, subdivididos em versículos. Apesar das guerras entre cristãos e maometanos, existe no Corão a Sura número 5, a qual fala sobre Jesus como um dos profetas de Alá. No que diz respeito às práticas religiosas, o Islamismo exige:

1º Recitar cotidianamente o Kalimah – traduzido literalmente como "a palavra". No contexto islâmico, traduz-se como "a palavra do Islã"; é a declaração de fé islâmica, também conhecido como o Kalema-tut-shahadat.

2º A esmola em grãos, frutos, mercadoria ou dinheiro, destinada aos forasteiros, aos pobres, aos órfãos e aos cativos.

3º O Salat ou as cinco orações diárias, a determinadas horas do dia.

4º O Roza ou jejum do Ramadan, que dura 30 dias, com absoluta proibição de vinho e de carne de porco durante todo o tempo.

5º A peregrinação à Meca, pelo menos uma vez na vida, contanto que fique assegurado pelo muçulmano o sustento da família.

Um famoso escritor, W. Y. Evans-Wentz, disse: "Durante as Idades Negras da Europa, quando os mouros da Espanha, quase que sozinhos no mundo continental, mantiveram acesa a tocha do saber, a doutrina do renascimento estava sendo ensinada pelos grandes filósofos sarracenos Al Ghazali e Al Batagni, nas Escolas de Bagdá, no Oriente, e em Córdoba, na Espanha, no Ocidente". Acrescenta ainda: "Na Europa, os discípulos desses grandes mestres foram Paracelso e Giordano Bruno".

Assim como nos livros sagrados de outras religiões, o Corão também faz referências à Reencarnação. Vejamos como no trecho seguinte percebe-se a ideia do renascimento:

"E estáveis mortos, e Ele vos trouxe de volta à vida. E Ele fará com que morrais, o vos trará de volta à vida, e ao fim vos reunirá Nele próprio".

(SURA 2:28)

Também muito sugestivo é o trecho:

"E Ele mandou as chuvas lá de cima em quantidade apropriada, e traz de volta a vida para a terra morta, tal como tu serás renascido".

(SURA 25:5-10-6)

Assim como nos livros sagrados de outras religiões, o Corão também faz referências à Reencarnação.

9
Sufismo e Reencarnação

O Sufismo é a religião que corresponde ao aspecto esotérico do Islamismo. Surgiu com a reunião de 45 muçulmanos interessados em estudar os aspectos filosóficos do Corão, viver em comunidade e observar práticas ascéticas.

A primeira menção da palavra "sufismo" foi observada em torno dos anos 750 da nossa era por um filósofo muçulmano, denominado Abu Haschim. Mais tarde, dedicaram-se a essas reflexões vários estudiosos na Pérsia. Os conceitos de Reencarnação e evolução estão muito bem esclarecidos nos livros dos pensadores sufistas.

Kharishnanda se refere a esta religião da seguinte maneira:

"A doutrina sufista ensina que tudo procede de Deus, que nada há fora de Deus, que o Universo é o espelho em que Deus se reflete, que Deus é a beleza absoluta, da qual as coisas terrenas são raios, que há um só amor, o amor de Deus, e que os demais amores o são unicamente como partes deste único amor, que só Deus é o verdadeiro Ser, e que tudo o mais constitui o Não-Ser, que a natureza essencialmente divina do homem pode elevar-se, por iluminação, do não-ser ao ser, e regressa ao ponto de partida".

É, de certa maneira, o mesmo conceito exarado pelo apóstolo Paulo: "Em Deus vivemos, nos movemos e somos".

No livro persa, Mathnawi, do autor Jalalu'l-Din Rumi (1207-1273), encontramos a conceituação de evolução da mônada espiritual ou princípio espiritual até sua integração a Deus:

"Morri mineral e converti-me em planta. Morri planta e nasci animal. Morri animal e me converti em homem. Por que, pois, hei de temer a alguém? Acaso poderei ser menos ao morrer? Na próxima vez morrerei como homem para que me possam nascer asas de anjo, mas também na condição de anjo me elevarei, porque, como ensina o Corão, tudo perecerá, menos a face do Senhor. Outra vez, tomarei o voo por cima dos anjos e me converterei no que a imaginação não pode conceber. Na verdade, voltaremos a Ele."

Os adeptos do Sufismo diziam:

"Não temos inferno nem desejamos o céu. Deus é nosso gozo único."

Muitos poetas persas, que no Ocidente foram considerados notáveis, escreveram, sob formas líricas ou alegóricas, os ensinamentos sufis. Citaríamos Nizami, (1135-1203 ou, talvez, 1217) poeta romântico, que também escreveu sobre Psicologia, História, Literatura e Ciência; e Farid-ud-Din Attar (1150-1230), poeta místico, cujo famoso trabalho "A linguagem dos pássaros" é um poema alegórico que designa os sufis de pássaros e o seu líder (Deus) como Fênix.

Na sua obra, Farid-ud-Din Attar fala de "uma longa jornada, plena de aventuras por sete vales para, finalmente, chegar à presença do grande pássaro, onde descobrem que perderam a identidade. Ao final da longa viagem, chegam ao ápice do progresso sufi e são integrados a Deus".

Dos poetas sufis da Pérsia, o mais conhecido deles, no Ocidente, talvez tenha sido Omar Khayyam que, além de poeta, foi filósofo, astrônomo e matemático, e estudioso de jurisprudência e história. Seu nome completo era Ghiyath Al Din Abul Fateh Omar Ibn Ibrahim Al Khayyam, e os registros de sua passagem terrena são imprecisos e discordantes, tendo morrido em 1123 ou 1132.

Khayyan tornou-se famoso na Europa com o belíssimo poema Rubáiyát, obra traduzida para o inglês em 1859, considerada um dos dez mais conhecidos poemas do mundo, e provavelmente a peça mais popular da literatura oriental no Mundo Ocidental.

Coube a Edward Fitzgerald o mérito de traduzir do Persa e publicar "O Rubaiyat" de Omar

Khayyam em inglês. A primeira versão foi impressa em 75 quadras. São versos românticos de conteúdo espiritual e místico, mesclados com as emoções do cotidiano. Atingiu grande popularidade, exigindo a impressão de mais e mais edições. Hoje, ninguém realmente sabe quantas centenas de edições ocorreram, a partir de Fitzgerald, tanto traduções por si só como outras versões em diversas línguas.

São consideradas as últimas palavras de Khayyan:

"Oh, Deus! Lutei, verdadeiramente, para conhecer-Te, ao alcance das minhas possibilidades. Portanto, perdoa-me, porque, realmente, esse conhecimento de Ti, tal como o possuo, é o único meio de que disponho para aproximar-me de Ti."

Além da beleza e sensibilidade dos poetas sufis, cumpre-nos assinalar que a Reencarnação, bem como o sentido evolutivo dos renascimentos, sempre foram claramente referenciados nas obras do Sufismo.

10
Siquismo e Reencarnação

O Siquismo é considerado como uma das sete grandes religiões do planeta em termos de número de adeptos, sendo muito mais recente que o Bramanismo e o Jainismo, pois conta a tradição que o Siquismo foi fundado por Nanak, nascido em 1469 e falecido 72 anos mais tarde.

Desde a infância, Nanak apresentava-se como uma criatura voltada à meditação e à Filosofia. Possuía dons paranormais de captar telepaticamente os pensamentos dos presentes, tendo dado inúmeras e espontâneas comprovações no decorrer de sua vida.

A palavra "Sikh" significa "discípulo", e "siquismo" significaria "disciplina". A comunidade dos siquis, mais exatamente o Sikhismo, desenvolveu-se ao norte da Índia, na região do Punjab. Sua cidade santa é denominada Amritsar, onde o quinto sucessor de Nanak levantou um templo de ouro para o centro das reuniões.

Os religiosos siquis tiveram, no sexto sucessor de Nanak, um líder que se notabilizou pela luta contra as castas na Índia, que correspondiam a camadas sociais hereditárias, cujos membros compunham uma mesma raça, etnia, profissão ou religião, e se casavam entre si, exclusivamente.

A intenção de Nanak era reunir, em uma só religião, os brâmanes e muçulmanos, aceitando, dos primeiros, a doutrina da Reencarnação (a roda dos renascimentos) e a concepção de *karma*, e, dos segundos, a missão de Maomé.

Apesar dos esforços, ocorreram inúmeras guerras e rixas com os muçulmanos na Índia, não acontecendo aquela união pretendida. Hoje são diversos milhões de seguidores, na maioria, radicados no território indiano.

O código de moral dos siquis é elevado, tornando seus adeptos compassivos, tolerantes e benevolentes. Não há uma hierarquização na organização clerical da religião. Os cultos podem ser realizados nos templos ou em suas próprias casas, onde hinos de louvor são cantados e orações matinais são feitas.

A figura do guru significa, para os sikhistas, o guia dos seguidores para sua libertação (Moksa). Os sikhistas adotam como textos sagrados o Guru Granth Sahib e o Janam Sakhis, ou "Histórias da Vida", escrito 80 anos após a morte de Nanak. O Sikismo é claro em sua crença na unidade de Deus, rejeitando idolatria e qualquer adoração de objetos ou imagens. Possivelmente refletindo a influência das crenças islâmicas, Guru Nanak também se opôs ferozmente à concepção hindu e indiana da discriminação com relação às castas. Alguns dos seus ensinamentos referem-se à mística união com Deus.

Guru Nanak acreditava que Deus é único, sem forma, eterno e além de qualquer descrição. Todavia, ele também via Deus como presente em todos os lugares, visível para qualquer um que tinha interesse em contemplá-lo e essencialmente cheio de graça e compaixão. Guru Nanak assegurava que a salvação dependia da aceitação da natureza de Deus. Dizia que, se o homem se reconhecesse como a verdadeira harmonia da ordem divina (hukam) e viesse para dentro desta harmonia, ele seria salvo. Rejeitou a crença hindu que dizia que tal harmonia poderia ser alcançada por práticas ascéticas. Em seu lugar, ele enfatizou três ações: a meditação, a repetição do nome de Deus e a doação ou caridade, além de banhar-se.

Algumas das características associadas com o sikismo podem ser atribuídas ao Guru Gobind Singh. Em 15 de abril de 1699, ele iniciou a nova irmandade chamada "Khalsa". Os "cinco k" datam deste período: kesh (não cortar o cabelo), kangha (pentear-se), kirpan (punhal ou espada curta), kara (bracelete de aço) e kachh (brusco esbofetear – aqui, no original, aparece uma expressão gramatical de difícil tradução). O mais importante é não cortar o cabelo, (por isso, o turbante sempre presente na cabeça), hábito adotado antes dos outros quatro. O punhal e o brusco esbofetear refletem a influência militar, enquanto o bracelete de aço talvez seja uma forma de encanto. Outras proibições incluem idolatria, discriminação de castas e hipocrisia.

Muitas casas sikhs têm um quarto, onde os membros da casa têm sua meditação particular e recitação dos versos de meditação do Guru Nanak. No que concerne ao nosso estudo comparativo, fica muito explícita a admissão da Reencarnação e do carma, além da identidade do espírito humano com Deus.

Para os seguidores do Siquismo, o ciclo das existências se realiza pela própria identificação do espírito com o meio ambiente, o que determina, após sua morte, um novo renascimento. Quando o ser humano já estiver vivendo na Terra, voltado para a "beatitude da eternidade celestial", ficará livre da "sansara" ou roda das encarnações.

II
Espiritismo e Reencarnação

O Espiritismo não se considera uma religião organizada dentro de uma estrutura clerical. Neste sentido, é profundamente distinto das religiões tradicionais. Não possui sacerdotes ou pessoas investidas de autoridade especial. Não possui templos suntuosos. Não adota cerimônias de qualquer espécie, tais como batismo, crisma, "casamentos", etc.

Ao contrário da Umbanda, não tem rituais, velas e nem vestes especiais. Não utiliza qualquer forma de simbologia. Não adota ornamentação para cultos, nem gestos de reverência, nem sinais cabalísticos, nem benzeduras, nem talismãs, nem defumadores ou cânticos cerimoniosos (ladainhas, danças ritualísticas). Também não adota bebidas ou oferendas de qualquer espécie.

O culto espírita é feito no próprio coração. É o culto do sentimento puro, do amor ao semelhante e do trabalho constante em favor do próximo. A Doutrina Espírita concebe que somente a prática das boas ações e do pensamento equilibrado nos liga a Deus.

Deus é a essência transcendente que permeia todo o Universo. É a Força, a Inteligência e o Amor, nos quais estão mergulhados o macro e o microcosmo. Das galáxias às partículas subatômicas, tudo é envolvido pela Lei Universal Onipresente. Não há, portanto, uma visão personificada ou antropomórfica de Deus. Deus é a Lei Maior, o Amor Universal, a Sabedoria que coordena todas as leis menores da natureza.

A Doutrina Espírita foi revelada pelos espíritos superiores, por intermédio de médiuns, e organizada (codificada) por um educador francês, conhecido por Allan Kardec, em 1857. Surgiu, pois, na França, há mais de um século.

ALLAN KARDEC

O seu verdadeiro nome era Hippolyte Léon Denizard Rivail (1804-1869). Francês, nascido em Lyon, pedagogo, foi autor de 18 obras de Pedagogia, 14 obras sobre os fenômenos espíritas, fundador da Sociedade Parisiense de Estudos Espíritas, professor de Física, Química, Matemática, Fisiologia, Anatomia Comparada, Retórica, Francês e Astronomia. Não era, portanto, um sacerdote religioso. Assinou sob o pseudônimo de Allan Kardec, seu nome em uma de suas vidas anteriores, quando fora sacerdote druida. Deixou escrito no dólmen do Cemitério Père-Lachaise em Paris, o epitáfio: "Nascer, viver, morrer, renascer de novo e progredir continuamente, tal é a lei".

A Doutrina Espírita ou Espiritismo não deve ser confundida com seitas, religiões ou até ritos afro-brasileiros, que são mais antigos e de origens históricas e geográficas completamente distintas.

O Espiritismo não é simplesmente uma religião, mas uma doutrina com aspecto científico e filosófico e de consequências religiosas ou ético-morais. É comum, entre os adeptos, a referência a este tríplice aspecto (Ciência / Filosofia / Religião) da Doutrina Espírita.

Como Ciência, a Doutrina Espírita estuda e pesquisa, à luz da razão e dentro de critérios que considera científicos, os fenômenos mediúnicos, ou seja, fenômenos provocados pelos espíritos, os quais são considerados fatos naturais.

Conforme os espíritas fazem questão de esclarecer, o Espiritismo não aceita o sobrenatural. Todos os fenômenos, até mesmo os mais estranhos, têm uma explicação científica que deve ser buscada, demonstrando a realidade do fato e o mecanismo do fenômeno no intercâmbio entre o nosso mundo físico (material) e o mundo extrafísico (espiritual).

Os estudiosos da Doutrina Espírita não acreditam em milagres. Para eles, os fatos existem e são explicáveis pelo conhecimento das leis naturais do mundo físico, bem como pelas leis naturais do mundo extrafísico.

Tudo que foi considerado milagre seria decorrente do desconhecimento do homem em relação às leis naturais que regem as mais diferentes dimensões do Universo, o que inclui o mundo dos espíritos, mundo tão real quanto o mundo material.

O Espiritismo, como Filosofia, procura, a partir dos fenômenos mediúnicos, dar uma interpretação da vida, respondendo a questões como: "De onde viemos?", "Quem somos?" e "Para onde vamos?".

Os grandes porquês ou questões fundamentais da vida são objeto de estudo da Doutrina Espírita. Toda doutrina que fornece uma interpretação da vida, uma concepção própria do mundo, é considerada uma Filosofia. O Espiritismo, embora não seja uma religião clássica, pois não apresenta dogmas, rituais, sacramentos, sacerdotes, etc., apresenta um aspecto religioso, também designado como ético-moral por alguns de seus adeptos.

A Doutrina Espírita propõe a transformação moral do homem, retomando, além dos ensinamentos de Jesus Cristo, as mensagens de orientação ética recebidas pelos médiuns. Há inúmeras modalidades de sensitivos paranormais que fazem o intercâmbio com o mundo extrafísico, os quais são denominados médiuns. Destacam-se os médiuns psicógrafos ou escreventes e os médiuns psicofônicos, isto é, que captam psiquicamente as informações culturais e as orientações éticas, retransmitindo-as verbalmente, para que sejam aplicadas na vida prática de cada pessoa.

É proposta da Doutrina Espírita reviver o Cristianismo na mais pura e verdadeira expressão de amor e caridade. Ao invés da máxima "Fora da Igreja não há salvação", afirma não ser a fé ou um rótulo religioso do indivíduo que determinará sua salvação ou um melhor destino após a morte, mas sim as suas atitudes perante a vida e perante o próximo. Por isso, substituiu o lema "Fora da Igreja não há salvação" por "Fora da caridade não há salvação". Apesar de não admitir que existam almas que serão eternamente condenadas e outras que serão salvas, pois a evolução é infinita e todas as almas serão, um dia, sábias e felizes no ecoar dos milênios, através das múltiplas experiências, em reencarnações sucessivas. Modernamente, alguns espíritas já substituem a palavra "salvação" e utilizam a máxima: "Fora da caridade não há evolução".

O Espiritismo, para os espíritas, é o Consolador prometido por Jesus. O Consolador não seria uma pessoa, mas todo um conjunto de informações e esclarecimentos sobre a realidade do mundo espiritual ditada pelos espíritos, ou seja, pelos próprios mestres, filósofos e sábios, que conviveram com a humanidade e hoje continuam a viver na dimensão extrafísica. São os considerados popularmente "mortos", porém, na realidade, estão vivos em outra dimensão.

Todos os espíritas aceitam os ensinamentos de Jesus, mas, embora o considerem o maior dos Mestres, não o admitem como o próprio Deus do Universo, materializado na figura de um homem. Uma visão diferente dos demais cristãos.

No Evangelho de João, capítulo XIV, versículos 15 a 17 e 26, lemos:

"Se vós me amais, guardai meus mandamentos; e eu pedirei ao meu Pai, e ele vos enviará um outro consolador, a fim de que permaneça eternamente convosco. O Espírito da Verdade que o mundo não pode receber, porque não O vê e não O conhece. Mas, quanto a vós, O conhecereis, porque permanecerá convosco e estará em vós. Mas, o Consolador, que é o Santo Espírito, que meu Pai enviará, em meu nome, vos ensinará todas as coisas e vos fará relembrar de tudo aquilo que eu vos tenha dito". (Jesus)

A plêiade de espíritos que se comunicou, via médiuns, à época de Kardec, identificou-se como "O Consolador Prometido", não em termos de sua individualidade, mas no sentido do conteúdo transmitido, que passou a constituir-se como a base inicial da Doutrina Espírita. Formou-se assim o alicerce sobre o qual se edificou todo o monumento de centenas de obras, que trazem as informações científicas, filosóficas e religiosas que compõem esta Doutrina.

Apesar de muitas religiões fazerem referências aos anjos que se comunicam, aparecem, orientam e protegem as criaturas, somente o Espiritismo dedica um intenso intercâmbio cultural com os espíritos. Os espíritos nada mais são que seres humanos desencarnados. Eles são de todos os níveis culturais, intelectuais ou morais. Agrupam-se por afinidade de gostos e sentimentos, nos Planos Espirituais.

Como o pensamento e o sentimento são energias que se propagam, possuem frequência vibratória que determina a sintonia com outras energias do mesmo nível.

Assim se constituem as comunidades espirituais. Da mesma forma como a telepatia é o intercâmbio entre energias mentais, a mediunidade é a propriedade que permite a captação dessas energias de outra dimensão, através de diferentes técnicas.

Assim, por exemplo, a psicofonia é a mediunidade da fala; a psicografia, a mediunidade da escrita; a xenoglossia, a mediunidade na qual a comunicação se faz em língua estrangeira, etc. Há uma enorme classificação de tipos de mediunidade e mais de 800 livros que abordam o assunto, com todos os detalhes técnicos, práticos, etc. Um dos exemplos clássicos de médium espírita é o caso de Francisco Cândido Xavier que, sem instrução superior, psicografou mais de 400 livros, sendo alguns de alta complexidade ou profundidade, no terreno da Ciência Espírita.

A Doutrina Espírita alerta as pessoas muito crédulas contra as mistificações e contra médiuns não espíritas, que comercializam a mediunidade ou mesmo iludem o público com falsas informações. É importante considerar que, para o Espiritismo, o fato de uma pessoa ser médium e se comunicar com os espíritos não significa que seja espírita, o que requer uma postura ética específica.

O fenômeno da mediunidade ocorre em todos os meios e em todas as religiões, embora sua interpretação ou mesmo a aceitação seja diferente. A Doutrina Espírita promove e estimula a formação de grupos de estudo e educação mediúnica, formando médiuns aptos à execução de suas tarefas.

O Espiritismo considera que a fé sem raciocínio leva a uma crença cega, à crendice ou à superstição. "Fé inabalável é aquela que pode encarar a razão, face a face, em todas as épocas da humanidade." (Allan Kardec)

A concepção de Reencarnação ensinada pela Doutrina Espírita concebe que os espíritos são criados simples e ignorantes, passam pelos diversos reinos da natureza e vão acumulando diversas experiências até atingir a fase humana, quando o princípio espiritual realmente se torna um espírito propriamente dito, isto é, dotado de livre-arbítrio, ou seja, da capacidade de optar por diversos caminhos que, mais longos ou mais curtos, simples ou complexos, sempre acabam levando ao caminho da evolução. Todos nós criamos nosso próprio destino, conforme nosso livre-arbítrio, semeamos livremente, porém, colheremos o que semearmos...

Quando um espírito, encarnado em um determinado astro do Universo, tiver chegado ao ápice de sua evolução, poderá reencarnar em outro planeta ou mundo habitado, ampliando seus horizontes culturais e morais.

São consideradas duas asas para se alçar o grande voo evolutivo. A asa do conhecimento e a asa do amor. O progresso nas sucessivas encarnações não é somente intelectual, mas, sobretudo, moral.

Não nos lembramos das reencarnações pretéritas, devido a um processo natural de defesa psíquica. A sabedoria das leis naturais estabelece um bloqueio às recordações das vidas anteriores, facilitando a adaptação do indivíduo às circunstâncias da vida atual. Exemplificando: pais e filhos, na vida atual, podem estar convivendo sob o mesmo teto, com a finalidade principal de se reconciliarem de situações mutuamente embaraçosas ou dolorosas em vidas anteriores.

Muitas vezes, até inimigos do pretérito aportam em lares comuns, para desenvolverem o perdão e o amor, por meio da figura familiar que facilita a aproximação. Hoje, estamos corrigindo equívocos do passado ou tendo oportunidades renovadas de superar deficiências antigas.

Conforme a interpretação Espírita, Deus não castiga nem premia. Deus nos submete a leis imutáveis, porque são perfeitas e, portanto, não sujeitas a atitudes emocionais. Existe apenas a consequência natural dos atos praticados. Segundo a "Lei de Ação e

Reação", somos nós mesmos os causadores de nossos próprios sofrimentos.

Conforme a conceituação Espírita, não existe salvação apenas pelo fato da pessoa ser ou não religiosa. Não adianta pertencer a esta ou àquela religião, se não houver modificação na essência ou uma reforma íntima. O Espiritismo estimula à constante renovação mental.

Outra característica interessante é a concepção de que a atitude é muito mais importante do que a fé ou a crença - no sentido de fé cega ou crença contemplativa. Segundo a visão Espírita, é muito mais eficaz atuar construtivamente quando a miséria, a ignorância e o sofrimento desabam sobre o semelhante do que permanecer orando maquinalmente. Como disse Tiago: "A fé sem obras é morta". Aceitar Jesus, para os espíritas, não é proclamar esta aceitação, mas procurar seguir os seus ensinamentos.

12
Ordem Rosacruz e Reencarnação

Com referência à Ordem Rosacruz, encontramos na Enciclopédia Britânica a conceituação de que seus ensinamentos parecem associar informações do hermetismo egípcio, do gnosticismo cristão, do cabalismo judaico, da alquimia e de outras crenças alicerçadas no ocultismo.

O documento historicamente mais antigo que faz alusão à Ordem Rosacruz aparece no princípio do século XVII. Denominado Fama Fraternitatis, o documento fala da viagem de Christian Rosenkreuz, tido como iniciador da Ordem, a países como Síria, Arábia, Egito e Marrocos, lugares onde teria adquirido conhecimentos ocultos. Rosenkreuz, tendo retornado à Alemanha, decidiu fundar o Movimento Rosacruz. A sociedade permaneceu secreta por cem anos. Porém, neste período, difundiu-se por diversos países europeus.

Há uma corrente que prefere considerar o Movimento como o renascimento da Ordem, existente há milênios no Egito. Para estes, Christian Rosenkreuz não é visto como uma pessoa, mas como um símbolo.

Em 1915, nos Estados Unidos, houve um incremento das atividades da *Ancient and Mystical Order of the Rose Cross* (AMORC), equivalente à Antiga e Mística Ordem Rosacruz. A partir da citada data, houve um novo ciclo de atividades. Os períodos de silêncio pelos quais passou a Ordem Rosacruz são considerados como uma condição específica, preestabelecida, de seu funcionamento, que deveria ser cíclico.

Existem diversos aspectos semelhantes entre a Maçonaria e a Ordem Rosacruz. Na Maçonaria há, inclusive, um de seus graus que recebe a denominação de Grau Rosacruz. No livro "Conceito Rosacruz do Cosmos", nos deparamos com a frase: "O propósito da vida não é a felicidade e sim a experiência." Para o autor desta obra, Max Heindel, a experiência é "o conhecimento das causas que produzem os atos". Ainda na referida obra encontramos: "A tristeza e a dor são os nossos mestres mais benévolos, enquanto as alegrias da vida não passam de coisas fugazes."

Aparentemente, nos dá a sensação de ser uma doutrina dura e negativista, pois nossa tendência é fugir de qualquer afirmação de que tristeza e dor possam ser algo construtivo. Mas, ao examinarmos com mais cuidado, perceberemos que não há dureza nem mesmo um estímulo ao conformismo ou ao sofrimento, pelo contrário.

Vejamos alguns raciocínios simples, com relação à utilidade da dor física e da dor moral. Se pudéssemos colocar nossa mão sobre uma chapa ou líquido fervente e não sentíssemos dor, a mão poderia permanecer ali apoiada até sua destruição irreversível, sem que nos déssemos conta disso a tempo de salvá-la. A dor que resulta do contato da mão com a superfície quente é que nos leva a retirá-la rapidamente, antes que um dano sério se produza. Em lugar de perder a mão, escapamos com uma ligeira queimadura (dor), que estará curada depressa. Esta é uma exemplificação simples da utilidade da dor, no que se refere ao plano material.

Quanto à utilidade da dor na esfera das energias, da ética e da dimensão extrafísica, exemplificaríamos da seguinte forma: se atingirmos ética ou moralmente alguém, cedo ou tarde, o remorso se produz em nossa consciência, provocando dor, a dor que nos impedirá de repetir o ato, e, se não assimilarmos a lição, a Natureza nos proporcionará experiências cada vez mais duras, até que, por último, fará parte de nossos conceitos e ficará registrado na nossa consciência o fato de que "o caminho do transgressor é muito duro e sofrido". Tal conceito permanecerá até que nos vejamos forçados a tomar nova diretriz e dar um passo em rumo diferente, para uma vida melhor.

Para a filosofia Rosacruz, o homem se encontra na vida como numa escola, a escola da experiência. Necessita à vida retornar, por diversas vezes, antes que possa conhecer e dominar todo o mundo dos sentidos. Não existe apenas uma vida terrestre – por mais que tenha sido enriquecedora em aprendizado –, que possa proporcionar todo esse conhecimento. E, por isso, a natureza determina que o homem deve retornar à Terra, depois de intervalos de descanso, para prosseguir em seu trabalho do ponto em que o interrompeu, assim como uma criança segue em seu estudo a cada dia escolar, depois de uma noite de sono.

Vemos, portanto, um conceito de Reencarnação bastante nítido e diretamente vinculado à Evolução, na concepção da Ordem Rosacruz.

13
Teosofia e Reencarnação

A Teosofia não se intitula uma religião, tampouco se considera como seita, denominação inapropriada às suas características. Isto porque não possui sacerdotes, hierarquia religiosa, ritos, cerimônias ou dogmas de qualquer espécie. Não se considera também a única possuidora da verdade.

Segundo seus adeptos, a Teosofia debate e estuda os ensinamentos dos Mahatmas, que seriam os "mestres da compaixão e da sabedoria". Os seus aficionados não a designam de escola filosófica, mas, sim, um "reflexo da sabedoria de Deus". Aliás, este é o significado etimológico da palavra teosofia, em grego.

Para os teosóficos, o apóstolo Paulo foi o pioneiro na utilização não só da palavra, mas também do conceito da Teosofia no sentido de "sabedoria de Deus". Assim, no Capítulo II, Versículo 7, da 1ª Carta aos Coríntios lê-se: "Ensinamos, porém, a sabedoria de Deus envolta em mistério, encoberta, que, antes dos séculos, foi destinada por Deus para nossa glória..."

Conforme Annie Besant, a Sociedade Teosófica tem como ideais a Fraternidade, a Tolerância e o Conhecimento. Em seus postulados básicos, a Teosofia também incorpora a Reencarnação. O princípio da pluralidade das existências faz parte do seu contexto doutrinário desde sua fundação, no final do século XIX.

Vejamos, pelo prisma teosófico, como se operam os renascimentos. Embora a palingênese ou Reencarnação seja habitualmente compreendida ou estudada mais em relação aos seres humanos, é, na realidade, um fato inerente a todos os seres vivos. Como ocorre com a vida de uma flor, como o gerânio, por exemplo, que, ao morrer, volta à "alma grupo" da espécie, depois reencarna sob a forma de outro gerânio. Um canário, que morre devido a uma doença, volta à "alma grupo" deste gênero de ave, e, mais tarde, renasce em outro ninho novamente como um canário.

Já o homem não retorna a uma alma grupo, em função de já ter alcançado, pela evolução, uma consciência individual. Quando reencarna, possui as faculdades adquiridas em vidas anteriores, sem as ver reduzidas pela integração com grupos de outros indivíduos.

A Teosofia igualmente ensina que um espírito, uma vez tendo se individualizado e se tornado humano, não pode mais renascer em uma forma animal ou vegetal. Isto significa que não aceita a metempsicose.

Uma das mais expressivas personalidades da Teosofia foi Annie Wood Besant (1847-1933), que deixou diversas contribuições literárias nesta área, as quais se disseminaram principalmente no meio cultural voltado às questões espiritualistas.

O resumo filosófico da Doutrina Teosófica é encontrado na obra "O homem: donde e como veio, e para onde vai?", escrito por Annie Besant, em colaboração com Leadbeater.

ANNIE BESANT

Teósofa, escritora, oradora, presidente da Sociedade Teosófica até 1931, com 84 anos de idade. Fez diversas conferências em vários países, publicando artigos na revista *The Teosofist*. Entre suas obras mais notáveis figuram: "A sabedoria antiga, Genealogia do Homem, Cristianismo Esotérico, A sabedoria dos Upanichades, A Evolução da Vida e da Forma, Os três caminhos da Perfeição, Introdução à Yoga, As leis da Vida Superior, Estudos da consciência" e, em conjunto com Leadbeater, "O Homem: donde e como veio, e para onde vai?"

São trechos das obras desta autora:

"É esse o esquema evolutivo que o homem tem que cumprir no estágio atual: desenvolver-se mediante uma descida à matéria grosseira e depois subir para revelar ao seu EU o resultado das experiências assim obtidas. A sua vida real, portanto, abrange milhões de anos, e aquilo a que costumamos chamar vida é apenas um dia dessa existência. Na verdade, não passa de uma pequena parte de um dia, porque uma vida de setenta anos no mundo físico é muitas vezes seguida de um período de duas vezes essa duração passado em esferas superiores."

"Cada um de nós tem uma longa fila dessas vidas físicas em seu passado, e o homem comum tem uma série razoável ainda diante de si. Cada uma dessas vidas é um dia de escola. O EU veste seu traje de carne e vai à escola do mundo.

(...) Alguns não compreendem as regras, não conseguem forçar-se a agir de acordo com elas. (...) Todos esses têm uma vida escolar mais longa, e pelas próprias ações demoram sua entrada na escola dos mundos superiores.

(...) Porque essa é uma escola em que nenhum aluno é reprovado, todos têm de ir até o fim. Nenhum aluno pode eximir-se a isso, mas o tempo que levará para preparar-se para os exames superiores fica inteiramente à sua discrição.

(...) Coopera inteligentemente com os professores, e entrega-se com firmeza ao trabalho, a fim de que, chegando à idade própria, possa entrar em seu reino como um EU glorificado".

HELENA PETROVNA BLAVATSKY

Teosofista russa, iniciada no Budismo esotérico, fundou a sociedade Teosófica em 1875, e foi autora de diversas obras, das quais se destacam: "Isis Sem Véu", "A Doutrina Secreta" e "Chave da Teosofia". Madame Blavatsky, como ficou conhecida, foi uma grande estudiosa e responsável pela disseminação dos conceitos de Reencarnação e carma.

São palavras suas:

"Os reencarnacionistas e os que acreditam no carma, só eles, podem perceber que o segredo integral da Vida está na série ininterrupta de suas manifestações. Isso se relaciona com os grandes problemas da Filosofia."

Já o homem não retorna a uma alma grupo, em função de já ter alcançado, pela evolução, uma consciência individual. Quando reencarna, possui as faculdades adquiridas em vidas anteriores, sem as ver reduzidas pela integração com grupos de outros indivíduos.

14
Projeciologia, Conscienciologia e Reencarnação

A Projeciologia considera-se um ramo ou subcampo ou, ainda, uma subdisciplina da Parapsicologia. Apesar de não ser reconhecida como tal, pela maioria das correntes parapsicológicas da atualidade, esta é a conceituação apresentada pelo Dr. Waldo Vieira, médico brasileiro, criador do verbete que designou a nova ciência.

O vocábulo Projeciologia provém da junção de *projectio*, que, em latim, significa "projeção", e *logos*, palavra grega que equivale a "tratado" ou "estudo". Alguns segmentos de estudiosos estão substituindo o termo por Conscienciologia.

A projetabilidade ou capacidade de projetar-se é uma faculdade anímica (espiritual) ou condição consciencial, pela qual a consciência (espírito) se projeta para fora do corpo humano através do corpo astral (psicossoma ou corpo espiritual) ou, em nível mais aprofundado, não só para fora do corpo humano, mas, também, para fora do corpo astral através do corpo mental, como no caso dos seres desencarnados (espíritos) que já não possuem corpo físico.

A capacidade do indivíduo projetar-se para fora do corpo físico, segundo o Dr. Waldo Vieira, não constitui dom hereditário nem privilégio exclusivo de alguém em particular, porque é inerente ao ser humano, seja homem, mulher ou criança ou, até mesmo, um espírito desencarnado. Todos os seres humanos possuem latentes os rudimentos da projetabilidade. Por isso, essa condição não apresenta nenhuma conotação patológica, sendo essencialmente fisiológica ou, mais propriamente, parafisiológica.

Conforme os projeciólogos, os limites das pesquisas parapsíquicas da Projeciologia não são determinados, e seu campo apresenta forçosamente amplo envolvimento com outras disciplinas. Na verdade, todas as ciências se cruzam com a Projeciologia. Consideram, também, que os cientistas de qualquer campo podem se beneficiar através das visões oferecidas pelas projeções conscientes, porque estas lhe facultariam uma percepção extrafísica, ampliando os horizontes dimensionais da realidade objetiva, captada pela consciência aprisionada no corpo físico.

Os Expoentes da Projeciologia fazem questão de enfatizar que esta ciência "nada tem a ver com crença, religião, religiosidade, Filosofia, Ateísmo, Materialismo ou Espiritismo". Admitem, no entanto, que o engajamento maior da projeção consciente acaba tendo conteúdo social, político e inevitáveis consequências fisiológicas.

A chamada Moral Cósmica ou Cosmoética merece frequentes abordagens por parte do Dr. Waldo Vieira, em seu volumoso tratado de quase mil páginas, intitulado "Projeciologia", cuja primeira edição foi publicada em 1986, com distribuição inteiramente gratuita pelo autor.

No que se refere aos conhecimentos sobre Reencarnação, todos os livros de Projeciologia navegam, com naturalidade, pelos oceanos desta realidade universal. Vejamos algumas referências.

No capítulo 31 da obra "Projeciologia", o autor comenta sobre "Dejaísmo Projetivo", termo oriundo da expressão francesa *Dèjà vu* que significa "já visto". O autor também salienta que, além do já visto, há também o "já amado", "já ouvido", "já experimentado", "já lido" e "já sentido".

Explica essas sensações como, muitas vezes, decorrentes de lembranças ou impressões colhidas pela consciência projetada. Neste mesmo capítulo, faz referência, além do Dejaísmo Projetivo, a outro tipo de *Dèjà vu*: O Dejaísmo Reencarnatório, que seriam fenômenos onde a consciência encarnada, no estado de vigília física, habitual, apresenta lembranças autênticas, retrocognitivas, de outra encarnação, previamente vivida pela consciência.

São estados de expansão consciencial em que os arquétipos ou arquivos de vidas anteriores vêm à superfície da mente atual. O Dejaísmo Reencarnatório pode ser desencadeado por um fato da vida atual (visão, leitura, emoção, sensação, etc.), que faz ressonância com uma situação semelhante aos registros conscienciais do passado do indivíduo. Exemplificando: uma determinada pessoa, em viagem pelo exterior, ao se deparar com uma construção antiga, tem um choque emocional aos considerar "já ter visto" o local, e desfilam em sua mente detalhes de uma vida anterior relacionados com a dita construção.

No capítulo 436 de "Projeciologia", encontramos, sob o título "Projeção Consciente e Reencarnação", as seguintes citações:

"**Reencarnação**: forma de sobrevivência, na qual o ego ou consciência retorna à vida humana, envergando um corpo de carne e ossos, depois de ter experimentado a morte biológica de outro corpo físico e passado um período de existência no plano extrafísico ou intermissão.

Sinonímia: ancoragem espaço-tempo; consciência em série; consciência seriada; ECM (*Extra Cerebral Memory*); memória extracerebral; metensarcose; metensomatose; palingenesia; pluralidade das existências; pluralidade das vidas corpóreas; renascimento da personalidade; transmigração da alma; vidas sucessivas.

Razões: O conhecimento, ou melhor, a aceitação da teoria da Reencarnação, hoje atinge metade da população terrestre. Além de trazer implicações profundas para as criaturas, altera-lhes a Filosofia geral, elimina todo o preconceito racial, os pruridos nacionalistas e o chovinismo sexual. Às vezes, torna-se uma necessidade vital o conhecimento íntimo de reencarnações pessoais anteriores, porque, nestas, estão as origens de problemas cármicos e a raiz de muitas doenças que afligem certas pessoas na atualidade, daí tendo nascido a terapia de vidas passadas ou terapêutica reencarnacionista.

Pesquisa: Além da emergência espontânea de memórias reencarnatórias, intimamente ligadas à evolução interna do ser, de pesadelos recorrentes, da regressão pré-natal hipnótica, da meditação profunda, das técnicas especiais de massagens, e outros processos, a projeção consciente constitui método de pesquisa eficaz para o acesso individual da consciência encarnada às suas existências transatas ou prévias.

Sobrevivência: A Reencarnação evidencia a sobrevivência do ego após a morte do corpo humano, do ser, através de rememorações de experiências passadas. A projeção consciente evidencia a mesma sobrevivência, através de rememorações dos interplanos de experiências atuais. Em ambos os casos, ocorre implicação do fator tempo e a atuação dos mecanismos de memória.[1]

Processos: As reencarnações pessoais podem ser pesquisadas pela consciência projetada através da rememoração extrafísica, às vezes, induzida por am-

---

1 - Nota do autor: conforme o ponto de vista expresso pelo autor mencionado no texto, ressalvamos que a Terapia de Vidas Passadas tem suas indicações e contraindicações precisas.

parador, ou executada psicometricamente no plano extrafísico crosta-a-crosta. Contudo, há encarnado ansioso para conhecer sua vida anterior, quando foi uma personalidade realizadora, porque hoje não está realizando o que deveria, numa reação de compensação parapsicológica..."

Não é posição básica da projeciologia o estudo ou pesquisa de vidas anteriores, porém, apesar disso, fica bastante evidente a aceitação da Reencarnação por parte dos projeciólogos. O capítulo mencionado se estende por diversas páginas, detalhando vários aspectos, inclusive estudos sobre impressões digitais, etc...

O mérito da edificação desta ciência deve-se, sem dúvida, ao ilustre Dr. Waldo Vieira, e a Projeciologia está pronta e é capaz de oferecer equivalentes científicos para muitos conceitos religiosos tradicionais, especialmente no que tange ao modo de comunicação consciencial. A prece e a evocação, por exemplo, que dependem da telepatia, podem ter seus resultados confirmados pela consciência projetada do corpo humano.

A vidência pode ser vivenciada e sentida fora do corpo físico, e as colônias espirituais podem ser visitadas pela consciência projetada. Consideram os adeptos da projeciologia que não só a fé cega, mas até a fé raciocinada poderão ser substituídas pelo conhecimento pessoal direto e definitivo da consciência projetada extrafisicamente.

Apesar dos indiscutíveis méritos da projeciologia, convém salientar que os mesmos fenômenos já foram estudados por autores do século XIX. A "bilocação física" ou "bicorporiedade", termos utilizados pela Ciência Espírita, traduzem exatamente o mesmo fato. Os estudos efetuados na França por Allan Kardec (1804-1869), com a designação de "emancipação da alma", embora com terminologia diversa, apresentam o mesmo conteúdo fenomênico da Projeciologia.

A vidência pode ser vivenciada e sentida fora do corpo físico, e as colônias espirituais podem ser visitadas pela consciência projetada.

15
Seicho-No-Ie e Reencarnação

A Seicho-No-Ie pode também ser considerada uma filosofia de vida. O significado do termo, traduzido da língua japonesa, equivale a "casa da plenitude".[2]

As enciclopédias definem Seicho-No-Ie como uma religião japonesa, fundada por Masaharu Tanigushi, que se caracteriza principalmente por ser um movimento filosófico-cultural. Seja como for, passou a adquirir personalidade jurídica como religião em 1945.

Há, na essência doutrinária da Seicho-No-Ie, elementos do Budismo, Cristianismo e da Psicologia Moderna. Sua doutrina ressalta a supremacia do espírito sobre a matéria; pelo espírito deve o homem viver, contemplar e transformar o mundo.

Para os estudiosos desta filosofia há um Deus Pai comunicável, amoroso e poderoso. A cura das doenças é outro ponto doutrinário, já que são consideradas consequências dos erros do pensamento humano.

---

2 - Tem seu culto, sua "bíblia" (Seimei no Jisso) e sua mensagem doutrinária.

DOS FARAÓS À FÍSICA QUÂNTICA

A cura pode ser obtida pela meditação, instrução e reformulação do pensamento.

O culto aos ancestrais também assume significativa importância no contexto da religião.

Apesar de só existir oficialmente há aproximadamente pouco mais de meio século, a Seicho-No-Ie é, no Japão, a religião que mais tem atraído intelectuais. Já em 1978, eram dois milhões de frequentadores em terras nipônicas e, no Brasil, não se restringe apenas aos descendentes japoneses, contando com expressiva receptividade em diversas camadas sociais e até na elite cultural.

Define-se, também, como *Movimento de Libertação da Humanidade da Seicho-No-Ie, ou filosofia de vida e movimento de conciliação universal.*

O Dr. Tanigushi é autor de inúmeros livros e efetuou viagens através do mundo, para expor os princípios de sua filosofia; sua obra mais difundida é a Sutra Sagrada (Kanro No Hoou), a qual está acrescida de cânticos e *palavras de meditação para recuperar a saúde.*

Assim se define um dos princípios básicos da Seicho-No-Ie:

"A morte do corpo não pode significar a morte do homem. Ele apenas muda de nível, perdendo sua condição carnal, e passa a viver numa dimensão espiritual.

Depois de determinado período neste plano espiritual, *retorna ao mundo terreno* para realizar, numa segunda condição corporal, o que deixou de realizar na primeira. E essas passagens sucessivas pelo universo terreno vão permitindo atingir um estado de perfeição que dispensará o regresso a um corpo material, porque, então, estará plenamente realizado na esfera puramente espiritual."

Fica, pois, nitidamente caracterizada a posição espiritualista-evolucionista da filosofia Seicho-No-Ie, bem como seu enfoque reencarnacionista, um dos pontos basilares desta moderna religião, de origem japonesa, que vem conquistando, por suas mensagens, cada vez mais adeptos entre a classe mais intelectualizada, tanto ocidental como oriental.

Depois de determinado período neste plano espiritual, retorna ao mundo terreno para realizar, numa segunda condição corporal, o que deixou de realizar na primeira.

16
Psicanálise e Reencarnação

A Psicanálise é um método de investigação psicológica do procedimento humano individual e uma orientação terapêutico-psicoterápica, que se propõem a corrigir os desajustes emocionais causadores das neuroses e psicoses.

Sigmund Freud, médico austríaco, natural de Viena, foi quem desenvolveu tanto o método de investigação como os pilares que sustentam a orientação terapêutica da Psicanálise. Psiquiatra e neurologista, professor de Neurologia na Universidade de Viena, iniciou seus trabalhos utilizando hipnotismo, mas abandonou esta técnica para tentar a sugestão.

Foi a partir deste ponto que, celeremente, aprofundou-se em suas teorias, que culminaram nos métodos conhecidos como psicanálise. Seus conceitos, principalmente no tocante à interpretação dos sonhos, ou a atribuição de quase todos os casos de neurose às repressões de desejos sexuais, provocaram grande impacto e controvérsias no meio científico da época.

Nascido em 1856, desde a última década do século XIX, Freud utilizou o método clínico para o estudo da personalidade humana. Apesar de ter desenvolvido o que hoje consideramos Psicanálise, a ideia original não foi sua. O conceito surgiu, na história, na mente de um médico, também vienense, chamado Josef Breuer.

Foi ele quem comunicou ao ainda jovem Freud as suas ideias sobre o fenômeno histérico da conversão, em que um episódio, vivido conflitivamente pela paciente, havia desaparecido de sua memória consciente e se transformado em memória ou registro corporal.

A ideia de trazer à memória consciente o episódio e o efeito terapêutico deste fato resultaram na descoberta de uma estrutura psíquica, que passou a ser denominada inconsciente. Forças mentais, que representam preconceitos morais, impedem o aparecimento consciente de memórias e assim surgem conflitos e ansiedades.

Segundo Freud, o procedimento humano tem intensa relação com os instintos sexuais e a sua não aceitação pela moral de nossa sociedade (repressão). Este fato seria o conflito fundamental, motivador das neuroses.

Embora não possamos considerar o "Pai da Psicanálise" como adepto do renascimento, o tema também mereceu algumas considerações por parte do eminente médico.

Na obra "Pensamentos para Tempos de Guerra e Morte", podemos extrair o seguinte trecho:

"As existências subsequentes não foram, de princípio, mais que apêndices à existência que a morte levara a um fim; eram existências ensombradas, vazias de conteúdo e pouco valendo. Só mais tarde as religiões conseguiram representar esse após-vida como o mais desejável, como o realmente válido. Depois disso, o estender da vida para trás, para o passado, formar a noção de EXISTÊNCIAS ANTERIORES, DA TRANSMIGRAÇÃO DAS ALMAS E DA REENCARNAÇÃO FOI APENAS COISA CONSEQUENTE, tudo com o propósito de despojar a morte de seu significado como término da vida." (os destaques são nossos).

Não estamos, com a referência anterior, ingenuamente acreditando que Freud esteja admitindo a Reencarnação, mas torna-se clara a admissão lógica do conceito dentro do contexto da aceitação do "após-vida".

Muitos foram os colaboradores e seguidores de Freud, mas Carl Gustav Jung (1875-1961) destacou-se sobremaneira.

Jung, psicólogo suíço, após se identificar com as bases do Pensamento Freudiano, passou a estudar o inconsciente e, com o passar do tempo, a divergir de algumas opiniões de Freud, o que o levou a se separar do médico vienense.

Jung valorizava muito o exercício constante das virtudes humanas e chegava a afirmar que a única forma de conservarmos a civilização, ameaçada pela desumanidade e pelas forças do barbarismo, seria pelo desenvolvimento e uso eficaz das virtudes humanas.

Se Freud apenas tangenciou a questão da Reencarnação, e até relacionou esta teoria com a necessidade humana de encontrar uma saída lógica ou mecanismo psicológico de não admitir o término da vida, a posição de Jung parece-nos bem mais explicitada em seus trabalhos.

Jung proferiu uma conferência intitulada "A Respeito do Renascimento", na qual encontramos as seguintes citações:

"**Metempsicose:** o primeiro dos cinco aspectos de renascimento com os quais desejo atrair a atenção é a metempsicose, ou transmigração das almas. De acordo com este ponto de vista nossa vida é prolongada no tempo, passando através de diferentes existências corpóreas, ou, de um outro ponto de vista, é uma vida-em-sequência, interrompida por diferentes reencarnações. Não há certeza de ser ou não garantida a continuidade da personalidade. Pode haver, apenas, uma continuidade do carma."

"**Reencarnação:** este conceito de renascimento implica, necessariamente, a continuidade da personalidade. Aqui, a humana personalidade é vista como contínua e acessível à memória, de forma que, quando alguém é encarnado ou nasce, pode, pelo menos potencialmente, recordar aquele que viveu através de existências anteriores, sendo essas vidas as dele próprio, isto é, vidas que tinham a mesma forma-EU da vida presente. Via de regra, a Reencarnação quer dizer renascimento num corpo humano.

O renascimento não é um processo que possamos, seja como for, observar. Não podemos medir, nem pesar, nem fotografar tal coisa. Isso fica inteiramente para além do senso de percepção. Temos de nos ver, aqui, como uma realidade puramente psíquica, que nos é transmitida indiretamente através de declarações pessoais. Um fala sobre renascimento, um professa o renascimento, um está repleto de renascimento. Isso aceitamos como suficientemente real. Sou de opinião que a psique é o fato mais tremendo da vida humana. O simples fato de pessoas falarem sobre renascimento, e de haver um tal conceito, significa que um cabedal de experiências psíquicas, designadas com aquele termo, DEVE REALMENTE EXISTIR." (o destaque é nosso).

"O renascimento é uma afirmação que deve ser contada entre as afirmações primordiais da humanidade. Essas afirmações primordiais são baseadas naquilo que nós chamamos de arquétipos. Deve haver acontecimentos psíquicos subjacentes nessas afirmações, assunto que à psicologia cabe discutir, sem entrar em todas as suposições metafísicas e filosóficas em relação à sua importância."

Comentário de Jung a um antigo texto chinês:

"A morte é, psicologicamente, tão importante quanto o nascimento, e uma parte integrante da vida. Não é ao psicólogo que se deve indagar sobre o que finalmente acontece à consciência que se destacou. Seja qual for a posição teórica que ele assuma, estaria ultrapassando, desesperadamente, as fronteiras de sua competência científica. Poderia, apenas, fazer sentir que as opiniões do nosso texto, com respeito à perpetuidade da consciência destacada, estão em harmonia com o pensamento religioso de todos os tempos, e com o da esmagadora maioria da humanidade."

A aceitação da continuidade da vida após a morte ou pelo menos a importância desta aceitação fica clara no texto seguinte de Jung:

"Poderia dizer, ainda, que quem quer que não pense dessa maneira estaria fora da ordem humana, e deve, portanto, sofrer de uma perturbação em seu equilíbrio psíquico. Como médico, então, faço o maior esforço para fortalecer, tanto quanto me é possível, a crença na imortalidade, especialmente em meus pacientes mais idosos, para os quais tal pergunta tem uma proximidade ameaçadora."

Jung teve sua autobiografia publicada postumamente, tendo recebido a titulação "Memória, Sonhos e Reflexões". Desta obra, podemos destacar alguns trechos, nos quais a referência à Reencarnação é também nitidamente favorável:

"Minha vida, tal como vivi, muitas vezes pareceu-me uma história sem princípio nem fim. Tinha a impressão de ser um fragmento histórico, um excerto no qual o texto PRECEDENTE E SUBSEQUENTE ESTAVAM FALTANDO. (destaque nosso).

Podia bem imaginar que tinha vivido em séculos anteriores e ali deparado com questões que ainda não era capaz de resolver. E QUE RENASCERA POR NÃO TER CUMPRIDO A TAREFA QUE ME FORA DADA." (destaque nosso).

"Quando eu morrer, minhas ações irão comigo, isso é o que eu imagino. Levarei comigo o que fiz. No entretempo, é importante garantir que não chegue ao fim com as mãos vazias.

A significação da minha existência tem uma pergunta que me é endereçada. Ou, ao contrário, eu próprio sou uma pergunta dirigida ao mundo, e devo comunicar a minha resposta, porque, de outra maneira, fico dependente da resposta do mundo."

"Esta é uma tarefa de vida superpessoal, que cumpro somente com esforço e dificuldade. Minha forma de fazer a pergunta, bem como a minha resposta podem ser insatisfatórias. Sendo assim, alguém que tem o meu carma – ou eu próprio – tinha de renascer, a fim de dar uma resposta mais completa."

"Pode acontecer que eu não torne a nascer, se o mundo não precisar dessa resposta, e que não sejam outorgadas várias centenas de anos de paz, até que alguém se interesse por esses assuntos e possa, proveitosamente, realizar a tarefa que seja necessária novamente."

"Imagino que por algum tempo um período de repouso deva seguir-se, até que o quinhão por mim realizado em minha existência precise ser novamente assumido. Parece-me provável que após a morte existam certas limitações, mas que as almas dos mortos irão aos poucos descobrindo onde ficam os limites do seu estado de libertação."

"Algures, 'por ali', deve haver um determinante, uma necessidade condicionando o mundo, necessidade que procura colocar um fim no estado do após morte.

ESSE DETERMINANTE CRIATIVO, ASSIM PENSO, DEVE DECIDIR QUAIS SÃO AS ALMAS QUE DEVEM MERGULHAR NOVAMENTE NO NASCIMENTO." (destaque nosso).

"Certas almas, imagino, sentem o estado de existência tridimensional como mais bem-aventurado do que a Eternidade. Talvez, entretanto, isso dependa do quanto de complementação, ou incomplementação, levaram consigo da sua existência humana."

Observamos na referência abaixo, continuidade do texto anterior, como Jung coloca como real sua preexistência antes de nascer.

"No meu caso, deve ter sido uma ânsia apaixonada em relação à compreensão que me valeu o nascimento, porque este é o elemento mais forte da minha natureza. Esse impulso insaciável para a compreensão foi, por assim dizer, o criador de uma consciência para saber o que é, o que acontece, e para reunir concepções míticas tiradas das delgadas pistas do desconhecível."

Carl Gustav Jung tornou-se famoso pela criação do conceito do "inconsciente coletivo", segundo o qual o homem é um ser coletivo, isto é, um representante de sua espécie num determinado momento de desenvolvimento, desde os tempos ancestrais. Chamou a atenção para os arquétipos, que são imagens primitivas (arquiprimitivas) gravadas na mente, desde a fecundação. Pertencem ao patrimônio comum da humanidade, encontram-se em todas as mitologias e são expressão do "inconsciente coletivo".

Os enfoques nitidamente espiritualistas, bem como as reflexões acerca das vidas sucessivas, que Jung deixou para seus pósteros, lamentavelmente são pouco conhecidos e difundidos, até. Surpreendentemente, ao dialogarmos com psicanalistas, alguns deles demonstram desconhecer ou até negam peremptoriamente ser Carl Gustav Jung também um reencarnacionista...

Quando eu morrer, minhas ações irão comigo, isso é o que eu imagino. Levarei comigo o que fiz. No entretempo, é importante garantir que não chegue ao fim com as mãos vazias.

Carl Gustav Jung

17
Parapsicologia e Reencarnação

Assim como o Universo Físico vem sendo substituído pelo conceito de universo energético, a Psicologia Moderna vem abrindo espaços para uma visão cada vez mais ampla ao elemento extrafísico e transcendente aos sentidos comuns do ser humano.

Na realidade, como a Psicologia está sujeita aos postulados físicos das demais disciplinas científicas, persistem, na maioria, as posições tradicionalmente rígidas que observam com descrédito ou reserva o surgimento de novas correntes, que investigam os fenômenos paranormais ou mesmo admitem ser a mente um elemento extrafísico, capaz de sobreviver à morte biológica.

A Parapsicologia é o processo científico de investigação dos fenômenos inabituais, que podem ser de ordem psíquica ou psicológica. Não é propriamente uma Ciência, conforme ponderam os seus pioneiros, pois, se considera uma ramificação ou derivação da Psicologia. Pretende conquistar para a Psicologia uma área de fenômenos ainda desconhecidos pela Ciência.

DOS FARAÓS À FÍSICA QUÂNTICA

Os mencionados fenômenos inabituais foram designados pela Parapsicologia como fenômenos paranormais ou ainda fenômenos psi. Mas vejamos o que são os tais fenômenos, de uma forma simplificada:

Se alguém, de olhos fechados e vendados, consegue, sob rígido controle laboratorial, ler uma página de uma obra escolhida por um grupo de cientistas, não é um fato comum ou normal. Portanto, trata-se de um fenômeno paranormal. Assim, a telepatia, a clarividência, a premonição, a psicocinesia ou movimentação de objetos pela ação da mente são do interesse da Parapsicologia.

A Parapsicologia se fundamenta na pesquisa científica de laboratório, arduamente realizada com todos os rigores necessários do controle científico, obtendo resultados que são submetidos a tratamento matemático, a fim de que possam ser corretamente aferidos.

Diversamente disso, o que existe é simples empirismo, charlatanismo ou ingenuidade. As pessoas que se interessam pela Parapsicologia precisam saber, antes de tudo, que uma disciplina científica não admite exibições do tipo teatral.

O parapsicólogo sério ou, simplesmente, o autêntico estudante da Parapsicologia, jamais dará espetáculos em programas de televisão ou, muito menos, em salões públicos; realizará shows de ilusionismo ou efetuará qualquer tipo de "demonstração" pelo método de "esquina de rua".

Como toda nova Ciência, ou disciplina científica, a Parapsicologia tem sido vítima de muitos aventureiros, que o leigo não logra distinguir dos investigadores ou estudiosos honestos.

É possível observar, também, que interesses pessoais ou de grupos são frequentemente infiltrados no meio científico. Isto porque fenômenos tidos como milagres ou mistérios sagrados passam a ser objeto da Ciência.

Os parapsicólogos da linha do Prof. Joseph Banks Rhine, que iniciou seus estudos na Duke University, da Carolina do Norte, nos Estados Unidos, encaram os fenômenos como de natureza psicológica e consideram a natureza extrafísica da mente, a possibilidade de sua sobrevivência após a morte e inclusive a comunicação ou transmissão telepática após a morte física.

O Prof. Whately Carington, da Universidade de Cambridge, chegou a formular uma teoria parapsicológica da existência *post-mortem*. O Prof. Harry Price, da Universidade de Oxford, sustenta a tese de que "a mente humana sobrevive à morte e tem o mesmo poder da mente do homem vivo de influenciar outras mentes do mundo material".

O Prof. Soal, da Universidade de Londres, realizou com êxito experiências de "voz direta" ou pneumatofonia, nas quais a voz de um comunicante espiritual é ouvida no espaço e sem a presença de um médium.

Louisa Rhine realizou inúmeras experiências na Duke University, as quais sugerem a participação de inteligências extracorpóreas, conforme comentários do livro "O Novo Mundo da Mente", de J. B. Rhine, seu esposo.

Ao contrário dos pesquisadores citados, existem alguns que seguem a linha de Robert Amadou, que, na França, reforça a posição católica, segundo a qual os fenômenos são de origem inferior, relacionados ao psiquismo primitivo ou animal, e, portanto, não podem provar nada a respeito da alma ou de sua sobrevivência. Muitos ministros religiosos, talvez preocupados com esta súbita incursão da Ciência em "terreno alheio," divulgam com veemência os conceitos desta linha parapsicológica.

Na Rússia, Leonid Vassiliev considera serem todos os fenômenos paranormais como meramente fisiológicos, exemplificando: se uma sensitiva russa, colocando as mãos sobre um texto, consegue lê-lo com os olhos vendados, deve possuir, nas terminações nervosas dos dedos, estruturas visuais desconhecidas...

O professor José Herculano Pires, do Instituto Paulista de Parapsicologia, publicou, através da editora Edicel, o excelente livro "Parapsicologia Hoje e Amanhã", no qual coloca didaticamente todo o histórico e as perspectivas futuras desta nova Ciência, apresentando, inclusive, as diversas visões das melhores escolas de Parapsicologia.

No que diz respeito à questão das vidas sucessivas, a Parapsicologia muito tem contribuído para a comprovação da teoria da Reencarnação, ao contrário do que afirmam alguns religiosos.

Pesquisadores russos, dentre os quais destacamos o Prof. Vladimir Raikov, efetuaram experiências por sugestão hipnótica, as quais denominaram "reencarnações sugestivas". Nestes casos, os sensitivos se descreviam, em detalhes, vivendo em outra época, outra cidade, com outra personalidade, mas com a mesma individualidade.

As investigações sobre Reencarnação tiveram, ao que parece, no meio universitário, o Prof. Dr. Hamendras Nat Banerjee, da Universidade de Jaipur, província de Rajastan, na Índia, como o pioneiro que abriu novos caminhos às pesquisas subsequentes.

A partir de 1954, estabeleceu, o eminente indiano, uma sistemática rigorosa para a documentação dos casos registrados. Vários livros, nos quais apresenta o resultado de seus trabalhos, foram editados em inglês pela própria universidade, alcançando repercussão internacional. O número de casos que compunha o fichário de suas pesquisas já ultrapassava a mil, em 1974.

Uma das dificuldades naturais, para a aquisição da respeitabilidade internacional ao seu trabalho, esteve sempre ligada ao fato de ser dirigido por um indiano. Como a Índia é composta por uma população de caráter eminentemente reencarnacionista e seu povo considerado místico, no sentido pejorativo do termo, ocorre, automaticamente, um preconceito científico por parte de outros grupos pertencentes a diferentes etnias.

Considerando esta adversidade, Banerjee passou a tomar extrema cautela, por vezes excessiva, com relação às suas conclusões, quando havia oportunidade de definir a Reencarnação como um fenômeno comprovado cientificamente.

Em função da tendência preconceituosa, com relação à Índia e aos indianos, sustentou sempre uma posição rigorosamente científica, embora chegasse a admitir ser a Reencarnação a hipótese mais lógica para explicar os fenômenos pesquisados.

De autoria do Prof. Dr. Ian Stevenson, o livro "Twenty Cases Suggestive of Reincarnation", traduzido para o Português com o título correspondente ("20 Casos Sugestivos de Reencarnação"), apresenta uma investigação detalhada de duas dezenas de casos escolhidos de seu arquivo universitário que, na época, já continha 600 casos. Posteriormente, ampliou-se para mais de 2 mil casos devidamente documentados.

Stevenson, tal qual Banerjee, não segue o método do colega russo Raikov, que optou pela regressão de memória, utilizando técnicas hipnóticas. Tanto o investigador norte-americano como o indiano, ao contrário de Raikov, preferem o exame dos relatos espontâneos de lembranças de vidas anteriores, reveladas por crianças.

Conforme estes cientistas, os casos espontâneos têm a vantagem da naturalidade, enquanto o processo de regressão de memória pela hipnose é artificial e mais criticável pelos adversários das pesquisas, que atribuem as informações às fantasias do inconsciente.

Stevenson desenvolveu seus trabalhos na Universidade da Virgínia, onde, além de médico, exerceu o honroso cargo de Diretor do Departamento de Psiquiatria, além de dedicar-se às pesquisas de Memória Extracerebral (MEC).

Apesar da seriedade das pesquisas em muitas universidades, em diversos países, inclusive no Brasil, o desinteresse dos meios universitários e das instituições científicas pela Parapsicologia, em muitos centros, deixou-nos sujeitos à invasão da charlatanice. Assim ocorre em todos os ramos da Ciência – se os canteiros estão aptos a receber as sementes, mas não forem semeadas flores, o mato e as ervas daninhas tomam conta do local.

As características do povo brasileiro parecem favorecer a maior incidência de fenômenos. É provável que o número de paranormais no Brasil seja superior ao de outro país qualquer, e muitos deles se transformam em charlatões, porque não recebem amparo nem orientação das organizações científicas, que, aliás, preferem persegui-los e processá-los ao invés de estudá-los.

Curiosamente, justamente a Igreja, que, em princípio, estaria incumbida da tarefa de lembrar os homens da sua natureza imortal, parece estar disposta a contestar as provas da sobrevivência do homem.

Alguns religiosos têm se especializado em rejeitar qualquer fenômeno que ateste a existência dos espíritos. Lamentavelmente, existem sacerdotes que vêm usando de truques mágicos para falar e procurar demonstrar fenômenos paranormais. O Núcleo dos Mágicos Profissionais de Niterói, através da sua revista "Miríade Mágica", nos números 9 e 10 de abril e maio de 1965, chega a criticar este fato. Determinadas atitudes, como anteriormente mencionadas, tornam cada vez mais difícil a aceitação, por parte da comunidade científica, das provas da Reencarnação obtidas por parapsicólogos. No entanto, elas estão se avolumando, pois são milhares de casos de memória extracerebral, de registros obtidos por retrocognição hipnótica e outros métodos...

18
Antroposofia e Reencarnação

O termo Antroposofia significa sabedoria do homem. Conforme o "Novo Dicionário Aurélio da Língua Portuguesa", o termo correto seria "antropossofia", embora adote-se comumente a grafia com apenas um "s". A Antroposofia teve origem no Movimento Teosófico, que se ramificou em função de divergências conceituais entre alguns de seus pensadores, principalmente com a iniciadora Helena Petrovna Blavatsky. A Sociedade Teosófica, fundada em 1875, sempre apresentou como expressão maior aquela que literalmente passaria à história como Madame Blavatsky, teosofista russa, cuja iniciação fora construída no Budismo esotérico, durante viagens de estudo que fez à Índia, à África e à América.

O fundador da Antroposofia, quando este movimento separou-se da Sociedade Teosófica, foi o austríaco Rudolf Steiner, nascido em 1861 e desencarnado em 1925. Steiner foi estudioso em Matemática e Ciências Naturais. Suas Teorias sobre Educação, usando a arte como terapêutica para deficientes mentais, teve resultados significativos e a Pedagogia Antroposófica, atualmente, está bastante disseminada nos meios culturais espiritualistas, sendo também designada "Pedagogia Waldorf".

Uma das principais características dessa Pedagogia é que o ensino nunca deve ser dado da mesma maneira em idades diferentes.

Trata-se de uma Pedagogia holística. De fato, o aluno é encarado do ponto de vista físico, anímico e espiritual, primando-se pelo desabrochar progressivo desses três constituintes de sua organização. Cultiva-se o querer (agir), o sentir, por meio de abordagem artística constante em todas as matérias; o pensar, pelo constante cultivo da imaginação dos contos, lendas e mitos no início da escolaridade, até o pensar abstrato, rigorosamente científico no Ensino Médio.

Rudolf Steiner realizou vários trabalhos em diversos setores do conhecimento, sendo a Medicina Antroposófica e a Educação, talvez, os que encontraram maior receptividade entre os profissionais das áreas em questão.

O idealizador da Antroposofia deixou inúmeras referências à Reencarnação em seus livros. Observemos, na obra, "Reencarnação e Carma: Sua Significação na Cultura Moderna", o trecho transcrito abaixo:

"Que significaria a reencarnação para o todo da consciência do homem, para o todo de sua vida de sentimento e de pensamento? As pessoas que pertenceram às épocas iniciais da civilização ocidental e a grande maioria das que vivem no tempo presente agarram-se ainda à crença de que a vida espiritual do homem, após a morte, é inteiramente separada da sua existência terrena."

"O conhecimento da Reencarnação e do carma transforma inteiramente esta ideia. O que está na alma de um homem que passou através das portas da morte tem significação não só para a esfera além da Terra, mas o próprio futuro da Terra depende do que foi a vida dele, entre o nascimento e a morte. Toda a configuração futura do planeta, bem como a vida social do homem no futuro, depende de COMO OS HOMENS VIVERAM EM SUAS REENCARNAÇÕES ANTERIORES." (destaque nosso).

"Um homem que assimilou essas ideias sabe: de acordo com o que fui na vida, terei um efeito sobre tudo quanto tem lugar no futuro, sobre toda a civilização do futuro! O sentimento de responsabilidade será intensificado até um ponto que anteriormente seria impossível e outras intuições morais irão se seguir."

Segundo os analistas de questões religiosas e filosóficas, as teorias antroposóficas teriam alguns fundamentos cristãos, combinados com o misticismo alemão e forte tempero esotérico. As almas humanas procederiam de Deus, tal qual os raios solares procedem do Sol, tendo sido aprisionadas pela matéria em consequência do pecado. A libertação da alma pode ser favorecida pela prática de determinados exercícios espirituais e físicos. Cristo teria tido outras encarnações anteriores, dentre as quais as de Mitra e Dionísio.

A sede do Movimento Antroposófico se instalou na Basileia e foi denominada Goetheanum. Devido à ação de populares fanáticos e adversários, sua sede foi incendiada em 1922, tendo sido reconstruída posteriormente.

Para percebermos ainda melhor a visão reencarnacionista de Rudolf Steiner, transcrevemos mais um trecho de uma de suas obras:

Pergunta: "É possível compreender, de acordo com a lei da Reencarnação e do Carma, como uma alma altamente desenvolvida pode renascer em uma criança indefesa, não desenvolvida? Para muitas pessoas, o pensamento de que temos de começar várias vezes, desde a infância, é intolerável e ilógico."

Resposta: "Tal como o pianista deve esperar que o construtor de pianos faça aquele em que possa expressar suas ideias musicais, a alma deve esperar, com as faculdades que adquiriu numa vida anterior, que as forças do mundo físico tenham construído os órgãos corporais até o ponto em que possam expressar essas faculdades. Se a alma simplesmente entrasse no mundo, em seu estágio anterior, seria um estrangeiro nele."

"O período de infância é vivido a fim de trazer harmonia entre a velha e a nova condição. Como poderia um dos mais talentosos romanos antigos aparecer em nosso mundo presente, se tivesse simplesmente nascido em nosso mundo com os poderes que adquiriu?"

"Um poder só pode ser empregado quando em harmonia com o mundo em derredor. O pensamento de que temos que nascer como criança não é, portanto, nem ilógico nem intolerável, pelo contrário, seria intolerável o nascermos como um homem completamente desenvolvido num mundo em que seríamos estrangeiros."

Toda a configuração futura do planeta, bem como a vida social do homem no futuro, depende de como os homens viveram em suas reencarnações anteriores.

Rudolf Steiner

19
Logosofia e Reencarnação

Carlos Bernardo Pecotche, pensador argentino, foi o fundador da primeira Escola de Logosofia, em 1930, na cidade de Córdoba, Argentina. Nascido em 1901 e falecido em 1963, naquela cidade, lá desenvolveu seus estudos que, posteriormente, se disseminaram naquele país, no Uruguai e no Brasil. Atualmente, encontram-se grupos logosóficos não só nas Américas, mas, também, em outros continentes.

A Logosofia é uma doutrina ético-filosófica que tem por objetivo ensinar ao ser humano a autotransformação, por meio de um processo de evolução consciente, libertando assim o pensamento das influências sugestivas. Considera que os pensamentos são autônomos, independentes da vontade individual, e que nascem e cumprem suas funções sob influência de estados psíquicos e morais. O primeiro Congresso Internacional de Logosofia foi realizado em Montevidéu, em 1960. No Brasil, o primeiro evento internacional foi promovido em 1965, com a 1ª Jornada Juvenil Logosófica Internacional.

Os logósofos, denominação atribuída àqueles que se dedicam ao estudo da Logosofia, não se consideram pessoas religiosas. Apesar de não observarmos referências claras à Reencarnação nesta doutrina, há nas publicações de Pecotche uma expressão que lembra um conteúdo filosófico relacionado às vidas anteriores. Em diversas obras logosóficas, detectamos ensinamentos sobre conhecimentos que o indivíduo já traz consigo ao nascer. Tal referência sugere uma herança de vidas passadas. "A herança de si mesmo", terminologia utilizada pelos autores logosóficos, apresenta características diferentes dos conceitos reencarnacionistas clássicos, pois não relaciona esta "herança" da mesma forma como entendem as religiões ou doutrinas que estudam ou aceitam as reencarnações.

No entanto, podemos comparar a concepção da "herança de si mesmo" da Logosofia com as modernas filosofias espiritualistas, que veem a Reencarnação como base dos seus raciocínios, pois consideram que o indivíduo, embora se apresente como uma nova "persona", a cada encarnação é, na essência, a mesma individualidade, e herda de si mesmo o seu aprendizado do passado, que ficou estratificado em nível inconsciente.

As principais obras de Pecotche foram:

Axiomas y Principios de Logosofia;
Pérolas Bíblicas;
Nueva Concepción Politica;
El Mecanismo de la Vida Consciente;
El Espíritu (Raumsol).

20
Cristianismo e Reencarnação

A expressão maior do ensinamento de Jesus Cristo parece ter sido simbolizada pelas circunstâncias do seu nascimento, que, conforme diz a tradição, teria ocorrido em uma manjedoura. A essência da Doutrina Cristã, segundo a exemplificação do seu Modelo, deveria se caracterizar pela simplicidade e humildade.

A mensagem do Cristianismo, conforme a vivência de Jesus, foi um código de fraternidade e de amor a todos os corações. Segundo diziam os profetas do Velho Testamento, Jesus revelaria à humanidade a mensagem de Deus. Assim, aos homens de boa vontade de todo o Planeta trouxe a "Boa-Nova", ou seja, o Evangelho.

A palavra do Mestre Jesus, mansa e generosa, reunia todos os sofredores e pecadores indistintamente. Sempre escolheu os ambientes mais pobres para demonstrar e viver suas lições sublimes, mostrando aos homens que a verdade dispensa o cenário suntuoso dos templos, para fazer-se ouvir em sua misteriosa beleza.

DOS FARAÓS À FÍSICA QUÂNTICA

Suas pregações, nas praças públicas, visavam a atingir a todos, mas, em especial, aos mais desprotegidos. Combateu pacificamente todas as violências oficiais do Judaísmo, renovando a Lei Antiga do "Olho por olho, dente por dente" com a lição de "Perdoar os inimigos".

Espalhou o conceito da vida imortal, demonstrando existir algo além das pátrias, bandeiras e leis humanas.

Disse Jesus sobre a vida após a morte física: "Há muitas moradas na casa de meu pai". Falou de tudo, mas usava de parábolas que continham ou encobriam um sentido mais profundo nos seus ensinamentos.

Com referência à Reencarnação, encontramos nos evangelhos diversas alusões, das quais destacamos as seguintes:

João, capítulo III, versículos 1 a 20;

Mateus, capítulo XVI, versículos 13 a 27;

Mateus, capítulo XVII, versículos 10 a 13;

Marcos, capítulo VI, versículos 14 a 16;

Marcos, capítulo IX, versículos 11 a 13;

Lucas, capítulo IX, versículos 7 a 9.

Comentaremos alguns destes textos. Antes, porém, observaremos uma curiosidade nos evangelhos de Marcos, capítulo VIII, versículos 27 e 28; e de Mateus, capítulo XVII, versículos 13 e 14. "Saiu Jesus para as aldeias de Cesareia de Felipe, e no caminho interrogou os discípulos, dizendo: Quem dizem os homens que eu sou? E eles responderam: João Batista, outros Elias, e outros Jeremias ou um dos profetas".

Torna-se muito evidente neste trecho, repetido por dois evangelistas, como os judeus tinham clara a ideia do retorno pela Reencarnação. De maneira nenhuma, poderiam estar confundindo a pessoa física de Jesus com Jeremias, Elias ou qualquer um dos profetas que haviam vivido muitos séculos atrás. Os judeus estavam supondo que Jesus pudesse ser a Reencarnação de algum dos profetas.

É verdade que se torna claro nos versículos seguintes que o Mestre não era, de fato, algum destes profetas renascidos, mas, também, é incontestável a ideia da Reencarnação presente na resposta dos apóstolos, como um conceito bastante conhecido por eles.

No entanto, onde Cristo daria o seu aval a esta crença? Teria Ele igualmente se manifestado de forma favorável à ideia do renascimento? Nas passagens acima mencionadas, apenas se pode concluir que o conceito palingenésico foi citado muito naturalmente pelos judeus, pois, inclusive, eram diversas as versões de quem Cristo estaria reencarnando (Elias, Jeremias, etc).

Apesar da suavidade dos seus ensinamentos evangélicos, o Cristianismo foi convertido em bandeira de separação e de destruição. Com exceção dos cristãos primitivos, que assimilaram corretamente, sob o símbolo do peixe, toda a beleza e profundidade dos ensinamentos de Jesus, o inverso sucedeu com os continuadores humanos da Doutrina Cristã.

Em nome de Cristo, incendiaram e trucidaram, massacrando esperanças em muitos corações. Os conceitos de humanidade e pobreza foram dando lugar, gradativamente, a uma luxuosa hierarquia, cujo ápice era personificado pelo Papa, o chefe da Igreja.

Observemos no Cristianismo as alterações, tanto de forma quanto de conteúdo, na sequência cronológica abaixo:

Até o ano 70, Jerusalém centralizava a liderança, passando posteriormente para Roma até o fim do século 1º.

Do ano 270 até 370, foram criados os altares nas igrejas, cada vez mais suntuosos e com recursos extraídos dos fiéis.

No ano 400, foi instituído o sinal da cruz ao invés do peixe, alterando um símbolo por outro, que expressava mais a morte física e o sofrimento material do que a essência dos seus ensinamentos.

Em 500, criou-se o Purgatório.

Em 553, o Concílio de Constantinopla condenou as opiniões de Orígenes, reencarnacionista e grande teólogo cristão, e também dos gnósticos, trazendo, esta atitude da Igreja, o descrédito ao princípio da Reencarnação. Apesar de algumas reações posteriores, como do Cardeal Nicolau de Cusa, que sustentou, em pleno Vaticano, a pluralidade das vidas e dos mundos habitados, com a concordância do Papa Eugênio IV (1431 - 1447), havia o interesse em se sepultar este conhecimento.

Então, ao invés de uma concepção simples e objetiva do destino, compreensível e clara para todos, conciliando a Justiça Divina com a desigualdade das condições e sofrimentos humanos, começou a se edificar todo um conjunto de dogmas que lançam a obscuridade sobre os problemas da vida, revoltam a razão e acabam afastando o homem de Deus.

Em função da necessidade do domínio e exercício da autoridade sobre os fiéis, houve uma crescente valorização do sofrimento físico do Cristo na Cruz, em detrimento do estudo da Filosofia Cristã.

O 2º Concílio de Constantinopla condenou a Doutrina da Reencarnação, considerando-a como heresia. Passou-se, então, a perseguir seus adeptos com uma ferocidade inigualável. Curiosamente, não havia Papa presente a este Concílio. Aliás, aproveitamos a oportunidade para lembrar que sempre haverá a justificativa da ausência papal, se a Igreja quiser voltar atrás...

Em 609, foi criado o Culto à Virgem Maria e a Invocação dos Santos.

DOS FARAÓS À FÍSICA QUÂNTICA

Em 610, o Papado foi oficialmente estabelecido pelo Imperador Focas, que outorgou a Bonifácio o título de Bispo Universal.

Em 787, estabeleceu-se o culto ou devoção às imagens, à cruz e às relíquias.

Em 998, criou-se a festa de Todos os Santos e a comemoração de Finados.

Em 1054, os gregos, insatisfeitos com algumas posturas da Igreja, criaram a Igreja Ortodoxa Grega.

Em 1074, foi estabelecido o celibato clerical, um verdadeiro atentado contra a natureza humana, que geraria inúmeros sofrimentos a religiosos sinceros e estimularia outros a desvios de conduta lamentáveis.

Em 1200, o Rosário foi inventado.

Em 1215, era criada a confissão auricular. Ao contrário dos tempos apostólicos, quando a confissão dos próprios defeitos era pública, o que passava a constituir grande barreira para a sua reincidência, o mesmo não ocorreria com a recém-criada confissão auricular. E, sem dúvida, a maior vítima do confessionário seria a mulher.

Esta, caracterizada por um espírito mais sensível à religiosidade, passou a ser vítima de longos e indiscretos interrogatórios. Submeteu-se, passivamente, diante de um homem solteiro e, muitas vezes, traumatizado por um celibato mal absorvido pelo seu psiquismo, a questionamentos íntimos e delicados da vida conjugal. As mulheres lançavam-se de joelhos aos pés de um homem cheio das mesmas fraquezas dos outros mortais, na enganosa suposição de que o sacerdote era a representação da divindade. Em 1264, instituiu-se a festa do Sagrado Coração de Jesus e, também, a do Santíssimo Sacramento.

Em 1311, surge a oração da Ave Maria.

Em 1414, teve início a institucionalização da chamada Hóstia ou Eucaristia. Sob as aparências de pão e vinho, há o "milagre" de estes ingredientes conterem o corpo, o sangue, a alma e a divindade de Jesus Cristo, fenômeno que se renova em todas as missas.

Em 1517, Lutero reage contra uma série de desvios do Cristianismo original e cria o Cisma Protestante.

Em 1529, estabelece-se de forma organizada a Igreja Luterana, como consequente resultado da insatisfação de importantes segmentos cristãos.

Em 1533, surge a Igreja Anglicana Episcopal.

Em 1536, com Calvino, inicia-se ordenadamente a Igreja Presbiteriana da França.

Em 1560, surge a Igreja Presbiteriana Escocesa, com as famosas pregações de John Knox e na Holanda, aparece a Igreja Batista, com John Smith.

Em 1612, na Inglaterra, surge também a Igreja Batista, com Thomas Helwys.

Em 1739, por intermédio de John e Charles Wesley, cria-se a Igreja Metodista, na Inglaterra.

Em 1830, institui-se o dogma da Imaculada Conceição.

Em 1870, já com autoridade bastante em descrédito e tendo sofrido inúmeros cismas, a Igreja, não mais chamada cristã, mas Católica Apostólica Romana, resolve decretar que o Papa era infalível e, assim, num último esforço, deter o poder absoluto e inquestionável sobre as consciências de seus fiéis.

Deste modo, o Papa Pio IX promulgou o decreto da infalibilidade papal. O referido decreto assinala a decadência e a ausência de autoridade do Vaticano, perante a evolução científica, filosófica e religiosa da humanidade.

Curiosamente, a Igreja Católica, que nunca se lembrara de atribuir um título real à figura do Cristo (desnecessária), assim que teve seu território geográfico reduzido ao Vaticano e viu desmoronar o trono do Absolutismo, com as vitórias da República e do Direito em todos os países, constituiu a imagem do Cristo-Rei, para o ápice dos seus altares.

No entanto, além das fronteiras sectárias das religiões, os conceitos eminentemente cristãos foram plantados e disseminados pelo planeta.

As fogueiras da Inquisição, que imolaram inúmeros corpos, não conseguiram reduzir às cinzas as ideias.

O conceito cristão da Reencarnação, respaldado por Jesus, ressurgiu depois de diversos movimentos como, por exemplo, a Doutrina Espírita.[3]

Estudemos algumas passagens dos evangelistas, de maneira desapaixonada, sem uma posição preconcebida, e vejamos a extrema clareza com que a Reencarnação é referida pelo Mestre.

Lendo Mateus, capítulo XVII, versículos 10 a 14, e Marcos, capítulo IX, versículos 11 a 13, observamos o seguinte trecho:

---

3 - **Notas do autor, com referências às datas:**
Sobre a data de "criação" do Purgatório, em "O Céu e o Inferno" de Allan Kardec, Cap. V, temos que "O Evangelho não faz menção alguma do Purgatório, que só foi admitido pela Igreja no ano de 593" (por Gregório I), diferente da data citada.
É citado o ano de 1200 como o da invenção do Rosário, mas outra fonte, o "Documentário Secreto do Vaticano", de Josué B. Paulino, traz Pedro, o ermitão, como autor do Rosário, em 1090.
Mencionado o ano de 1215 para o início da confissão auricular. Da mesma fonte anterior, extraí a data de 758 d.C., para a criação da confissão auricular pelas ordens religiosas do Oriente.
Onde é citada a oração da "Ave Maria", há uma versão que diz que teria sido estabelecido em 1317, por ordem de João XXII: "todos são obrigados a rezar a 'Ave Maria'".
Quanto ao ano de 1414, para a instituição da hóstia, na "História dos Concílios Ecumênicos", de Giuseppe Alberigo, existe a referência de que a hóstia foi criação do Concílio de Trento, entre os anos de 1545 e 1563.
Com relação ao dogma da Imaculada Conceição (concepção) em 1830, de acordo com a fonte citada anteriormente, p.368, rodapé, foi no ano de 1854, pelo Papa Pio IX.
Agradecemos a contribuição do estudioso José Ricardo Basílio da Cunha – SP, com referência às seis notas mencionadas.

"Seus discípulos O interrogam desta forma:

– Por que dizem os escribas ser preciso que volte antes o Elias?

Jesus respondeu:

– É verdade que Elias há de vir e restabelecer todas as coisas. Mas eu vos declaro que Elias já veio e eles não o conheceram e o trataram como lhes aprouve. É assim que farão com o Filho do Homem.

Então entenderam os discípulos que fora de João Batista que ele falara".

A concepção de que João Batista era o Elias reencarnado e de que os profetas podiam renascer na Terra encontramos em várias passagens bíblicas, além das acima referidas. Se esta concepção fosse equivocada e não concordasse com os ensinamentos cristãos, o Mestre não teria deixado de combatê-la, como procedeu em relação a inúmeros outros conceitos e tradições equivocadas dos judeus. Mas o que ocorreu não foi isso. Jesus se posicionou muito claramente a este respeito, quando se referiu a Elias, dizendo que "já veio e eles não o conheceram".

O versículo 13 completa:

"Os discípulos entenderam que fora de João Batista que ele falara", reforçando esta afirmativa.

Para quem é mais exigente, sugerimos a leitura atenta de Mateus no capítulo XI, versículos 14 e 15, que não deixa qualquer dúvida a respeito. Vejamos: "E se quereis bem compreender, ele mesmo é o Elias que havia de vir". (Conforme a tradução, o Elias que estava por vir). "Quem tem ouvidos de ouvir, ouça!"

Evidentemente, que os versículos anteriores se referem a João Batista, facilmente constatado pela leitura. Se alguns outros textos podem ser interpretados no sentido místico, nesta passagem de Mateus não há equívoco possível: "É ELE MESMO, O ELIAS, QUE HÁ DE VIR". Colocação tão positiva quanto esta não permite conceber alegoria ou figuração.

No que tange ao complemento: "aquele que tem ouvido de ouvir, ouça", consideramos como uma alusão a que nem todos estavam em condições de ouvir ou entender certas verdades. O versículo anterior (13) dizia:

"Porque todos os profetas e a lei até João profetizaram". Seguindo-se, então: "E se quereis bem compreender, ele mesmo é o Elias que há de vir". Desnecessários mais comentários.

Mudemos agora de trecho e de evangelista, e estudemos em João, capítulo III, versículos 1 a 12. Eis a passagem:

"E havia um homem dentre os fariseus, por nome Nicodemos, senhor entre os judeus. Este, uma noite, veio buscar Jesus e disse-lhe:

— Rabi, sabemos, és mestre, vindo da parte de Deus, porque ninguém pode fazer estes milagres que fizestes, se Deus não estiver com ele.

Jesus respondeu:

– Na verdade, te digo que não pode ver o reino de Deus senão aquele que nascer de novo.

Nicodemos lhe disse:

– Como pode um homem nascer já sendo velho? Porventura pode tornar a entrar no ventre de sua mãe e nascer outra vez?"

Respondeu-lhe Jesus:

– Em verdade, em verdade, te digo que quem não nascer da água e do Espírito não pode entrar no reino de Deus.

– O que é nascido da carne é carne e o que é nascido do Espírito é espírito. Não te maravilhes de eu te dizer: IMPORTA-VOS NASCER OUTRA VEZ. O espírito assopra onde quer, e tu ouves a sua voz, mas não sabes donde ele veio, nem pra onde vai; assim é todo aquele que é nascido do Espírito.

Perguntou Nicodemos:

– Como se pode fazer isso?

Respondeu-lhe Jesus:

– Tu és mestre em Israel e não sabes estas coisas?

– Em verdade, em verdade, te digo que nós dizemos o que sabemos, que damos testemunho do que vimos, e vós com tudo isso não recebeis o nosso testemunho. Se quando eu vos tenho falado nas coisas terrenas, ainda assim não me credes, como me crereis, se eu falar nas celestiais?"

Observemos a frase:

"Ninguém pode ver o reino de Deus sem nascer de novo", e mais adiante há insistências, acrescentando:

"Não vos admireis de que vos diga que é preciso nascer de novo".

Referência mais evidente é impossível! As citações são tão contundentes e incômodas, para os que se recusam a admitir a hipótese da Reencarnação, que geraram "enganos" em certas traduções. A tradução de Ostewald está conforme o trecho original. Diz ele: "não renasce da água e do Espírito". Na de Sacy (Le Maistre de Sacy), encontramos a tradução "não renasce da água e do Santo Espírito", e na de Lamennais trocaram o Santo Espírito por "não renasce da água e do Espírito Santo". Seriam alterações inadvertidas? Estas palavras, "não renasce da água e do Espírito", foram entendidas por alguns no sentido da regeneração pela água do batismo, embora no texto original não houvesse a expressão Santo Espírito ou Espírito Santo. No livro "O Evangelho Segundo o Espiritismo" há um minucioso comentário a este respeito, e se chama a atenção para o significado do vocábulo água, que não era utilizado na concepção comum.

A Água era o símbolo da natureza material, como o Espírito era o da natureza inteligente. As palavras "Se o homem não renasce da água e do Espírito" ou "em água e em Espírito" significam, portanto, "Se o homem não renascer com o seu corpo e sua alma".

Era este o sentido aceito no princípio, mas com o passar dos séculos houve uma mudança na interpretação. Nas frases seguintes há uma continuidade que endossa esta afirmação: "O que é nascido da carne é carne" exprime claramente que é só o corpo que procede do corpo, e que o Espírito não depende daquele. No momento em que Jesus coloca: "não sabes donde ele veio nem para onde vai", significa que não se sabe o que foi nem o que será o Espírito.

Se não houvesse a encarnação, e o Espírito fosse criado ao mesmo tempo em que o corpo, seria possível saber-se de onde ele veio, já que sua origem seria conhecida, coincidindo com o nascimento. Se a alma preexiste, há, então, vidas sucessivas.

21
Física Quântica: Um Novo Horizonte

Conceito de Física.
Denomina-se Física a Ciência que tem por objetivo o estudo das propriedades da matéria, bem como as leis que tendem a modificar os seus estados ou seus movimentos, sem modificar sua natureza.

Divisão da Física

Com o progresso da Ciência, o termo física já não consegue definir, nem mesmo abranger, todas as propriedades gerais da matéria. Em função disso, utiliza-se a denominação ciências físicas, compreendendo diversos e importantes ramos, entre os quais, a Física Quântica.

Fenômenos Físicos

De acordo com a conceituação tradicional, as propriedades gerais da matéria, portanto, o objeto de estudo das ciências físicas, são reveladas por intermédio dos órgãos dos sentidos. Assim, a visão nos permite avaliar a forma e a coloração dos corpos, bem como seu deslocamento: a audição nos fornece sensações motoras; o tato permite a determinação da pressão e da temperatura e assim por diante.

Todas as propriedades da matéria podem sofrer modificações denominadas fenômenos físicos. Desta maneira, a queda de um objeto, a movimentação da água ou a trajetória de um raio luminoso, independentemente da natureza da luz, são exemplos de fenômenos que modificam apenas o aspecto exterior dos corpos, sem alterar sua essência química. Os exemplos citados são, portanto, de fenômenos físicos, e seu estudo pertence às Ciências Físicas. Diferentemente dos fenômenos mencionados, quando a essência da matéria ou a substância que a compõe transforma-se em outra, temos um fenômeno químico, como, por exemplo, a combustão do fósforo transformando-o em carvão.

Ramos da Física

As Ciências Físicas podem, de forma simplificada, ser subdivididas em sete disciplinas:

1. Mecânica (Estática, Cinemática e Dinâmica)
2. Acústica
3. Óptica
4. Eletricidade
5. Termologia
6. Geofísica
7. Física Atômica e Nuclear

Física Atômica Nuclear

Este ramo da Física foi o precursor da Física Quântica. A Física Atômica estuda os fenômenos associados ao átomo, enquanto a Física Nuclear se detém especificamente nos fenômenos ligados ao núcleo do átomo. Utiliza-se, também, a denominação Microfísica para designar este importante ramo das Ciências Físicas, que vêm revolucionando os conceitos clássicos do conhecimento científico.

As descobertas de Albert Einstein, com a consequente Teoria da Relatividade, passaram a demonstrar não mais um universo físico, mas um universo energético.

Os fenômenos da Física Nuclear, desde a transformação da matéria em energia até os demais fenômenos decorrentes, exigiram o aparecimento de novas concepções físicas. Surgiu, então, a Mecânica Quântica, que tem por finalidade investigar a dualidade onda-corpúsculo ou matéria e energia.

Tornou-se evidente, para as Ciências Físicas, que determinados fenômenos ocorrem pelo fato da matéria, em determinados momentos, se expressar como onda, em outros, como corpúsculo; ora é energia, ora é matéria densa.

Assim, a natureza ondulatória da luz explicaria a propagação das ondas de Raios X, enquanto a natureza corpuscular desta mesma luz explicaria os fenômenos do efeito fotoelétrico.

Física Quântica

A Física tradicional teve em Isaac Newton sua base fundamental. O paradigma mecanicista, que de forma popular foi representado pela queda da maçã da árvore, observada e estudada por Newton, levando-o a enunciar a Lei da Gravitação Universal (Lei da Gravidade), abriu as portas para o desenvolvimento das Ciências Físicas.

No crepúsculo do segundo milênio, em 1900, Max Planck promoveu o início da revolução na Física, enunciando a Teoria dos Quanta. Quanta é uma palavra latina, plural de "quantum". Os "quanta" são pacotes de energia associados a radiações eletromagnéticas. Max Planck, prêmio Nobel de Física em 1918, descobriu que a emissão da radiação é feita por pequenos blocos ou "pacotes" de energia descontínuos.

A descontinuidade da emissão das radiações rompeu com o determinismo matemático e absoluto da Física Clássica. Surgiu, então, o determinismo das probabilidades e estatístico.

Cinco anos depois, em 1905, Albert Einstein enuncia a Teoria da Relatividade, cujo resultado foi a destronização do pensamento mecanicista positivista (materialista) e a introdução de novas concepções que, em muitos aspectos, aproximam-se da Metafísica e da visão espiritualista.

Em função das descobertas de Max Planck e, sobretudo, a partir da Teoria da Relatividade, o Universo em que vivemos deixa de ser tridimensional (comprimento, largura e altura), passando a apresentar outras possibilidades de dimensões, não detectadas pelos sentidos físicos, bem como outras possibilidades de concepção de tempo.

Johann Carl Friedrich Zöllner, na obra "Física Transcendental", aborda com muita propriedade os temas quarta dimensão e hiperespaço, referindo-se a experiências realizadas em Leipzig, Alemanha. No mencionado livro, Zöllner comenta a possibilidade de um objeto efetuar a passagem para outra dimensão, desaparecendo dos olhos do observador, e retornar às dimensões convencionais, voltando a ser percebido por nossos órgãos visuais.

Vejamos algumas noções sobre espaço e dimensões:

Ao avaliarmos a extensão de um determinado espaço – por exemplo, de uma reta, utilizando uma escala rígida como uma régua – se a reta for maior que a régua, nós procuraremos verificar quantas vezes uma régua cabe na extensão da reta. Estamos, assim, avaliando um elemento de apenas uma dimensão. A reta possui somente comprimento; não possui as outras dimensões – largura e altura.

Quando falamos em uma linha reta, podemos representá-la por um traço, ou seja, uma sucessão de pontos sobre uma superfície plana. Mas, na realidade, o traço, por mais fino que seja, nunca será apenas uma linha, pois terá mais de uma dimensão, a largura do traço, por exemplo. Entretanto, não nos lembramos desta realidade, representamos a reta como uma linha, ignorando a outra dimensão, que é a sua largura.

O fato de ignorarmos a largura de uma reta não torna menos real a sua existência. Assim, também, representamos uma linha reta como uma sucessão de pontos que a compõem. Os pontos estariam situados rigorosamente em uma única direção. Podemos conceber, contudo, que a linha não goze desta propriedade.

É possível imaginar uma linha, na qual seus pontos mudem de direção imperceptivelmente. O espaço linear seria então encurvado e do encurvamento da linha unidimensional (comprimento) surgiria o plano bidimensional (comprimento e largura). A ideia de um arame fino retorcido nos traz a imagem de como se obtém a segunda dimensão, a partir do encurvamento da primeira.

Da mesma forma, um plano bidimensional, constituído de comprimento e largura, que representaríamos por uma face polida de uma lâmina de metal, igualmente pode ser encurvado. Ao efetuarmos o encurvamento, obrigaremos a superfície a ocupar um espaço de três dimensões. Surge, assim, o espaço tridimensional físico em que vivemos – comprimento, largura e altura.

Da mesma forma como é possível encurvar a linha e o plano, os físicos admitem ser viável, igualmente, encurvar o espaço tridimensional onde vivemos. Afinal, seria nosso espaço físico uma exceção ou o limite do Universo? Por que estaria isento de curvatura? Em outras palavras, estaríamos no limite dimensional da série de espaços reais possíveis?

Em função disso, pesquisadores admitem não só existir a quarta dimensão, mas "n" dimensões ou infinitas dimensões no Universo. A compreensão de seres quadridimensionais só poderá estabelecer-se de uma analogia. Podemos ter uma ideia aproximada de como seriam os objetos ou seres de um mundo imaginário de quatro dimensões, comparando as propriedades dos objetos de duas dimensões com os de três dimensões.

Façamos um exercício:

Suponhamos que existam seres pensantes, habitantes de um mundo plano como uma folha de papel (bidimensional). Chamaríamos esses seres de planianos. Vamos supor, ainda, que os referidos "planianos" também teriam duas dimensões, como o seu "mundo superficial", ou seja, apenas comprimento e largura, e viveriam tal qual a nossa sombra, junto ao solo.

Um "planiano" tendo só duas dimensões (comprimento e largura), e vivendo em um mundo plano como uma folha de papel, jamais poderia suspeitar, pela simples vista de seu contorno, que fosse possível a existência de seres reais, como nós, que possuíssem três dimensões.

Assim como já vivemos na época na qual se imaginava ser a Terra um orbe plano, e depois se descobriu ser ela arredondada, analogamente, até o advento da Teoria da Relatividade, afirmava-se que o espaço físico era isento de curvaturas (Euclidiano). Considera-se, atualmente, a possibilidade de o espaço ser encurvado, formando imensa figura cósmica tetradimensional. Admite-se, pois, de conformidade com a Física Moderna, a possibilidade de haver Espaços e Universos paralelos. Por que não existiriam seres vivendo paralelamente ao nosso mundo?

Einstein admite o encurvamento do "continuum espaço-tempo". Sua teoria vem sendo desenvolvida gradativamente pelos físicos da novíssima geração, que consideram ser possível chegar aos últimos componentes da matéria através de microcurvaturas do espaço-tempo. O conjunto de conhecimentos acerca da Lei da Gravidade, desenvolvido nos moldes da Teoria de Einstein, gerou a Geometrodinâmica Quântica. Através desta nova disciplina científica, a Física Quântica se refere aos *"Mini Black Holes"* (Miniburacos Negros) e *"Mini White Holes"* (Miniburacos Brancos), onde um objeto pode surgir ou desaparecer do "continuum espaço-tempo".

A realidade fundamental das nossas dimensões, conforme este modelo, é figurada como "um tapete de espuma, espalhado sobre uma superfície ligeiramente ondulada", onde as constantes mudanças microscópicas na espuma equivalem às flutuações quânticas. As bolhas de espuma – conforme se refere John Wheeler, na obra *"Superspace and Quantum Geometrodynamics"*, pág. 264 –, são formadas por miniburacos negros e miniburacos brancos, os quais surgem e desaparecem (como bolhas de espuma de sabão) na geometria do "continuum espaço-tempo".

Os mencionados miniburacos negros e brancos seriam, portanto, portas para outras dimensões do Universo. Através deles, seres aparecem ou desaparecem, passando a não mais existir em uma e existindo em outra dimensão do Universo. Os miniburacos negros e brancos são, para os físicos, formados por luz autocapturada gravitacionalmente.

Embora nos pareça difícil compreender estas elucubrações da Física Quântica, a partir delas, os cientistas estão começando a introduzir um novo conceito, o da Consciência Pura, não como uma entidade psicológica – adverte-nos Hernani Guimarães Andrade –, mas sim como uma realidade Física, isto é, nos moldes da Física Moderna.

Ao considerar a existência de uma consciência, na visão do Universo segundo o modelo que criaram, aproximam-se das questões espirituais. Diversos físicos modernos passaram, no momento atual, a se interessar por conhecimentos esotéricos e filosofias orientais. Eles consideram ser surpreendente a semelhança dos conceitos filosóficos da sabedoria milenar do Oriente, com as conclusões da Física Quântica.

A nova Física está chegando à conclusão de que existem outras vias de acesso ao conhecimento, além dos métodos da atual Ciência. Há evidências de que nossa mente, em certas circunstâncias, consegue desprender-se das amarras do corpo biológico e sair extrafisicamente viajando, em um corpo não desta dimensão, mas tão real quanto o nosso, o chamado corpo astral, que é um corpo da nossa quarta dimensão.

Nesse novo estado, há possibilidade de a consciência individual integrar-se com a consciência cósmica e aprender diretamente certas verdades, certos conhecimentos, que podem também ser adquiridos normalmente, mas somente após exaustivos processos experimentais e racionais usados pela Ciência.

O Dr. Fritjof Capra, pesquisador em Física Teórica das Altas Energias, no Laboratório de Berkley, e conferencista da Universidade da Califórnia, também em Berkley, EUA, escreveu os livros "O Tao da

Física", "O Ponto de Mutação" e "Sabedoria Incomum". Nestas obras, o eminente físico traça um paralelo importante entre a sabedoria oriental e a Física Moderna.

Ele admite que a exploração do mundo subatômico revelou uma limitação das ideias clássicas da Ciência. Considera, aprofundando suas reflexões a este respeito, ser o momento da revisão de seus conceitos básicos. De acordo com ele, a antiga visão mecanicista já cumpriu sua função e deve ceder lugar a novos conceitos de matéria, espaço, tempo e causalidade.

Fritjof Capra indica como um dos melhores modelos de realidade aquele chamado *"bootstrap"* pelos físicos. Traduzindo em termos compreensíveis para nós, equivale a dizer que a existência de cada objeto, seja um átomo ou uma partícula, está na rigorosa dependência da existência de todos os demais objetos do Universo.

Qualquer um deles jamais poderia ter realidade própria, se todos os objetos não existissem. Há uma identificação com os princípios holísticos nesta assertiva. O modelo proposto pelos físicos resulta do fato de estes, assim como os meditadores do Oriente, terem chegado à mesma conclusão.

A matéria, em sua constituição básica, é simplesmente uma ilusão ou Maya, como dizem os budistas.

A aparente substancialidade da matéria decorre do movimento relativo, criador de formas.

Se a matéria é uma ilusão, certamente (dizemos nós), há de existir algo que seja transcendente a esta matéria. Portanto, mais real que a ilusão...

22
Física Quântica e Reencarnação

Desde o advento da Filosofia até a Física Moderna, busca-se reduzir a aparente complexidade dos fenômenos naturais em algumas ideias fundamentais simples. Francisco Fialho, autor de "A Eterna Busca de Deus", Editora Edicel, considera ser a Física Teórica a mais impressionante e maravilhosa demonstração da capacidade de colaboração dos homens da Ciência, resultando na obtenção de saborosos frutos com sementes de espiritualidade.

Os sábios da Escola de Mileto já admitiam a existência de uma natureza essencial ou constituição real das coisas. Chamavam-na de *Physis*. Tales de Mileto declarava que todas as coisas estavam cheias de deuses; Anaximandro via o Universo como um ser vivo, mantido pela pneuma, a respiração cósmica.

Segundo Descartes:

"A filosofia é como uma árvore, cujas raízes são a metafísica, o tronco a física e os ramos que daí saem todas as outras ciências...".

Na história da Filosofia há uma sequência, uma conquista gradual dos espaços etéreos e incertos do conhecimento. De um lado, o mundo das ideias, onde brilha o sol e o voo é livre e, do outro, o mundo dos fenômenos, a úmida e enevoada caverna a ser desbravada.

Desenvolvimento

À medida que as teorias evolucionistas em Biologia se firmaram, a visão do Universo, como uma máquina, foi substituída pela visão de um sistema em permanente mudança, no qual estruturas complexas se desenvolviam a partir de formas mais simples.

Da mesma forma, a Física Moderna revela a unidade básica do Universo. Mostra-nos que não podemos decompor o mundo em unidades infinitamente pequenas, com existências independentes. Ao contrário, ao penetrarmos nas menores partículas conhecidas, evidencia-se uma teia complexa de relações entre as várias partes com o todo unificado.

A Física Quântica passou a exigir uma revisão radical do que se entendia, por senso comum, como estrutura da matéria. Niels Bohr expressou-se desta forma:

"Onda e partícula material são formas complementares de uma mesma realidade, uma realidade que está além da nossa capacidade. Denomina-se, dentro da Mecânica Quântica, Lei da Complementaridade esta possibilidade de uma partícula se manifestar em determinadas circunstâncias como onda. De certa forma, é uma admissão da passagem de um mundo de uma dimensão para OUTRO DE DIMENSÃO MAIS SUTIL." (destaque nosso).

Outra surpreendente conclusão foi o chamado *Princípio da Inseparabilidade*. Embora para nós, leigos em Física Quântica, todos estes conceitos pareçam difíceis, conseguimos perceber o aroma do extrafísico nas entrelinhas. Vejamos: uma partícula, ao interagir com outra, mantém um vínculo que independe do espaço e do tempo. É como se ambas se comunicassem telepaticamente, uma sempre registrando o que ocorre com a outra.

Esta concepção, atribuindo onisciência e onipresença às estruturas materiais, nos faz lembrar Ernesto Bozzano que, no início do século XX, propunha a Teoria do Éter-Deus.

Alguns físicos consideram que, quando ocorreu o *Big-Bang*, no início do Universo, na explosão que teria originado as partículas, todos os elementos estavam interconectados, e o que acontece em qualquer ponto, atualmente, é sentido por todos os demais participantes da dança cósmica.

Este é o Princípio da Inseparabilidade, que contribuiu para a origem das modernas propostas holísticas, estabelecendo a importância das conexões a distância.

Ordem superimplícita e reencarnação

Além do espaço-tempo em que vivemos, David Bohm considera a existência de um oceano de energia de outra dimensão, denominando-o de ordem implícita não manifesta. A Teoria Moderna sustenta, portanto, que o vácuo contém uma energia, até agora, desconhecida dos físicos, por não ser captada pelos instrumentos da Ciência.

A matéria, segundo esta visão, não passaria de uma pequena onda nesse mar de energia. A ordem implícita ultrapassa aquilo que denominamos matéria.

David Bohm denomina ordem explícita o espaço-tempo tridimensional onde vivemos, ou seja, o mundo material, o qual, na realidade, estaria separado por uma ilusão da ordem implícita, que seria um nível mais profundo, não manifesto e multidimensional.

Para David Bohm, além das ordens explícita e implícita, existiria no Universo a denominada ordem superimplícita ou princípio ordenador, que atuaria na ordem implícita, a qual, por sua vez, agiria na ordem explícita.

Expressaríamos, de forma mais simples, que a ordem explícita nada mais é que a matéria; a ordem implícita corresponde ao mundo energético (fluídico) e a ordem superimplícita equivale ao espírito. Pedimos desculpas aos físicos pela adaptação...

A *totalidade ininterrupta* é uma noção básica do pensamento de Bohm. O eminente físico considera que, além da existência em nosso mundo, há uma projeção em um oceano energético.

Conforme postula David Bohm, "as formas dos organismos se originam na *ordem implícita*".

Uma forma se desenvolve mediante o processo de projeção, a onda, que se projeta da totalidade do oceano energético, mergulha e desaparece no oceano, reprojetando-se inúmeras vezes...

Assim, o conceito de Reencarnação,
Incinerado pela "Santa Inquisição",
Ressurge das Cinzas da Religião,
Trazido, agora, pela luz da razão.

Da mesma forma, a Física Moderna revela a unidade básica do Universo. Mostra-nos que não podemos decompor o mundo em unidades infinitamente pequenas, com existências independentes.

23
Conclusão

O homem primitivo, intimamente ligado à natureza que o rodeava, expressava de forma espontânea e verdadeira a sua espiritualidade.

Pelo seu instinto, sentia a existência do transcendental, sentimento este que pulsava, de forma nítida, na essência energética daqueles seres simples e ignorantes, vazios de conhecimento, porém, plenos de autenticidade.

À medida que a civilização humana começou a galgar novos degraus da escala evolutiva, deixando cada vez mais de ser instintiva, passou a reprimir nos porões do inconsciente as percepções inatas e verdadeiras.

Deixando para trás a infância histórica, a humanidade passou para uma fase de contestação sistemática, tal qual o adolescente que recusa *"a priori"* os conceitos estabelecidos. À procura de respostas para as inúmeras indagações que acometem a mente humana, passa a duvidar até mesmo dos seus instintos.

A crença no extrafísico, antes alicerçada na própria naturalidade dos sentimentos inatos, passa a ser substituída pela dúvida e, sobretudo, a exigir a participação do racional.

Contudo, o homem moderno, esteja ele ligado à Ciência ou à Filosofia, procura cruzar a fronteira do racional e integrar-se aos valores percebidos pelo seu próprio psiquismo, de forma subjetiva. O paradigma mecanicista de Newton vem cedendo lugar à concepção de um universo energético aberto a outras dimensões.

Não mais a atitude infantil do homem primitivo que apenas, por via inconsciente, aceitava a exigência espiritual, nem tampouco a postura adolescente da rejeição preconceituosa de qualquer referência à espiritualidade.

Estamos no alvorecer não só de um novo século, mas de um novo milênio. As perspectivas futuras apontam que a Ciência e a Religião não serão mais estanques, dogmáticas, preconceituosas e onipotentes.

O Universo passa a ser observado e sentido como algo além de uma morada dos anjos alados, que não é constituído apenas de matéria tridimensional.

A multidimensionalidade da matéria, já admitida pela Física Moderna, abre as portas para a existência do mundo espiritual. A humanidade já não se satisfaz com os preconceitos rígidos das religiões dominantes.

O homem é um ser que indaga e quer saber, afinal, quem é, de onde vem e para onde vai. A dissociação existente entre Ciência e Religião, verdadeiro abismo criado pelos homens, levou os indivíduos a terem uma visão fragmentária da vida.

Os conselhos religiosos, tão úteis em épocas remotas, hoje se tornaram defasados em relação à evolução contemporânea. As orientações dos ministros religiosos foram sendo substituídas por conselhos de médicos, psicólogos, pedagogos, etc. O que frequentemente observamos é a influência de respostas às ansiedades íntimas do indivíduo ou da própria sociedade. O que lhes falta? Por que profissionais extremamente capacitados, sérios e estudiosos se sentem limitados para compreender o sofrimento humano?

Por que pessoas justas às vezes sofrem tanto, e, concomitantemente, outras, egoístas, que se comprazem no sofrimento do próximo, prosperam tanto?

Há quem viva semanas, meses ou poucos anos, enquanto outros vivem quase um século! Por quê?

Por que para uns a felicidade constante e para outros a miséria e o sofrimento inevitável?

Por que alguns seriam premiados pelo acaso com as mais terríveis más-formações congênitas?

Por que certas tendências inatas são tão contrastantes com o meio onde surgem? De onde vêm?

Não há como responder a estas questões, conciliando-as com a crença em uma Lei Universal justa e sábia, se considerarmos uma vida única para cada criatura.

O Ateísmo e o Materialismo são consequências inevitáveis da rejeição às crenças tradicionais, surgindo, naturalmente, pela recusa inteligente a uma fé cega em um Ser que preside os fatos da vida sem qualquer critério de sabedoria, amor e justiça.

A cosmovisão espiritista, alicerçada no conhecimento das vidas sucessivas, onde residem as causas mais profundas dos nossos problemas atuais, nos traz respostas coerentes.

O conceito de Reencarnação propicia uma ampla lente, através da qual poderemos enxergar a problemática da vida.

As aparentes desigualdades, vivenciadas momentaneamente pelas criaturas, têm justificativa nos graus diferentes de evolução em que se encontram no momento.

Além disso, sabe-se, pelas leis da Reencarnação, que cabe a todas as criaturas um único destino: a felicidade. A evolução inexorável é feita pelas experiências constantes e o aprendizado decorrente. Os atos da criatura ocasionam uma sequência de causas e efeitos, que determinam as necessidades de que ela reencarne em tal meio ou situação. Nunca existe punição. Existe, sim, consequência lógica.

Há colheita obrigatória, decorrente de livre semeadura, e sempre novas oportunidades de semear.

Cada ser leva para a vida espiritual a sementeira do passado, trazendo-a inconscientemente consigo ao renascer. Se uma existência não for suficiente para corrigir certas distorções, diversas serão necessárias para resolver uma determinada tendência. É a longa caminhada da vida.

Nossos atos do dia a dia, por sua vez, são também novos elementos que se juntam ao nosso patrimônio energético, pois os arquivos que criamos são sempre baseados em campos de energia, influenciando intensamente, atenuando ou agravando as desarmonias energéticas estabelecidas pelas vivências anteriores.

A teia do nosso destino, portanto, não é exclusivamente determinada pelo nosso passado. O livre-arbítrio que possuímos tece também os finos fios dessa teia a cada momento, num dinamismo sempre renovado.

A diversidade infinita das aptidões, no nível das faculdades e dos caracteres, tem fácil compreensão. Nem todos os espíritos que reencarnam têm a mesma idade. Pode haver diferença de idade de milhares de anos ou séculos entre dois homens. Além disso, alguns galgam velozmente os degraus da escala evolutiva, enquanto outros os sobem lenta e preguiçosamente.

A todos será dada a oportunidade do progresso pelos retornos sucessivos. Necessitamos passar pelas mais diversas experiências, aprendendo a obedecer para sabermos mandar; sentindo as dificuldades da pobreza para sabermos usar a riqueza.

Repetir muitas vezes, para absorver novos valores e conhecimento. Desenvolver a paciência, a disciplina e o desapego aos valores materiais. São necessárias existências de estudo, de sacrifício, para crescermos em ética e conhecimento.

Voltamos ao mesmo meio, frequentemente, ao mesmo núcleo familiar, para reparar nossos erros com o exercício do amor. Deus, portanto, não pune nem premia; é a própria lei da harmonia que preside a ordem das coisas.

Agir de acordo com a natureza, no sentido da harmonia, é preparar nossa elevação, nossa felicidade.

Não usamos o termo "salvação", pois historicamente está vinculado ao salvacionismo "igrejista", uma solução que vem de fora. Na realidade, aceitamos a evolução, a sabedoria e a felicidade para todas as criaturas. "Nenhuma das ovelhas se perderá", disse Jesus.

Deus nos faz conhecer os efeitos da lei da responsabilidade, demonstrando que nossos atos recaem sobre nós mesmos. Assim, viabiliza o desenvolvimento da ordem, da justiça e da solidariedade social tão almejada por todos.

24
Posfácio

No início era o mar.

E nesse MAR misturavam-se as águas da Ciência, da Religião, da Filosofia, da Arte e da Magia. O homem habitava o MAR e era feliz.

Mas tudo é *ritmo* no Universo. Respiram as estrelas ao som das reações nucleares. Passeiam os astros em órbitas estabelecidas.

Ao bater do gongo do tempo, as águas se separam. O *Holismo* cede lugar ao *Reducionismo*, a *Síntese* se decompõe na análise e, encetando viagens fantásticas, rios se formam.

Ao longo da viagem, os rios se ramificam, semeiam a Terra, formam vales de paz ou se precipitam em cascatas. À medida que o tempo flui, rios formam novos rios, rios se reúnem e se separam. Tudo é movimento.

Mas o mundo é redondo, o Universo é redondo. Mais dia, menos dia, os rios retornam ao MAR. Mas não são mais os mesmos rios nem o mesmo MAR.

A espiral se abriu e se fechou. É a vez da Análise ceder à Síntese, do Reducionismo retornar ao Holismo, do Homem encontrar a Serenidade.

A. F. Fialho

Referências Bibilográficas

ANDRADE, Hernani Guimarães, Reencarnação no Brasil. 1. ed. Matão, Casa Editora O Clarim, 1988. 408 p.

ANGELIS, Joanna de, Espírito. Estudos Espíritas. 1. ed. Rio de Janeiro, Federação Espírita Brasileira, 1982. 190 p.

BENERJEE, H. N. Vida Pretérita e Futura. s. ed. Rio de Janeiro, Nórdica, 1986. Tradução Sylvio Monteiro.

BESANT, Annie Wood; LEADBEATTER. O homem: donde e como veio, e para onde vai?

CABALA, Livro Esotérico do Judaísmo.

CANON, Alexander. Reencarnação e Psiquiatria. s. ed. London, U.K.

CAPRA, Fritjof. O Ponto de Mutação. 6a ed. São Paulo, Editora Cultrix, 1988, 452 p.

CAPRA, Fritjof. O Tao da Física. 1a ed. São Paulo, Editora Cultrix, 1985. 262 p.

CARINGTON, Whately. La Télépathie. s. ed. Paris, Payot, 1948. Tradução de Maurice Plassiol.

CONAN DOYLE, Arthur. História do Espiritismo. s. ed. São Paulo. Pensamento, 1960. 50 p.

CROOKES, William. Fatos Espíritas. 7a ed. Rio de Janeiro, Federação Espírita Brasileira, 1983. 160 p.

DARWIN, Charles. A Origem das Espécies. e. ed. São Paulo, Hemus, 1981. Tradução Eduardo Fonseca.

DENIS, Léon. O Problema do Ser, do Destino e da Dor. 10a ed. Rio de Janeiro, Federação Espírita Brasileira, 1919. 423 p.

DI BERNARDI, Ricardo. Gestação, Sublime Intercâmbio. 7a ed. Intelítera Ed, Santo André - SP, 2010, 209 p.

DI BERNARDI, Ricardo. Reencarnação e Evolução das Espécies. 1a ed. Londrina, Livraria Editora Universalista, 1995. 175 p.

FIALHO, Francisco. A Busca Eterna de Deus. 1a ed. Sobradinho - DF. Edicel, 1993. 375 p.

FREUD, Sigmund. Pensamentos para Tempos de Guerra e Morte.

GÊNESIS, 1 e 2. Bíblia.

HEINDEL, Max, O Conceito Rosacruz do Cosmos.

HERSON, Miscelânea Talmúdica.

HOLANDA, Aurélio B. Novo Dicionário da Língua Portuguesa, Ed. Nova Fronteira 2ª ed. 1986. Rio de Janeiro.

ISAÍAS, Velho Testamento, Capítulo XVI, Versículo 10.

JOÃO, capítulo III, versículos de 1 a 20. Bíblia.

JOCHAI, Simeão ben. Zohar.

JUNG, Carl Gustav. Memórias, Sonhos e Reflexões.

KARDEC, Allan. A Gênese. 31a ed. Rio de Janeiro, Federação Espírita Brasileira, 1944. 423 p.

KARDEC, Allan. O Evangelho Segundo o Espiritismo, 72a ed. Rio de Janeiro, Federação Espírita Brasileira, 1944. 456 p.

KARDEC, Allan. O Livro dos Espíritos, 72a ed. Rio de Janeiro, Federação Espírita Brasileira, 1992. 494 p.

KARDEC, Allan. O Livro dos Médiuns. 27a ed. Rio de Janeiro, Federação Espírita Brasileira, 1960. 413 p.

LACERDA, Nair. A Reencarnação através dos Séculos. 1a ed. São Paulo, Editora Pensamento. 191 p.

LEON, Moisés de. Zohar. 1280. (Recompilação).

LUCAS. Novo Testamento. Capítulo IX, Versículos 7 a 9.

MAOMÉ. Alcorão. Sura 2:28, Sura 25:5-10-6.

MARCOS. Novo Testamento. Capítulo VIII, Versículos 27 e 28.

MATEUS. capítulo XVII, versículos 10 a 13. Bíblia.

MEHTA, Moham Lai. Filosofia Jainista.

MIRANDA, Hermínio. Reencarnação e Imortalidade. 1a ed. Rio de Janeiro, Federação Espírita Brasileira, 1976. 321 p.

NETHERTON, Morris. SHIFFRIN, Nancy. Vidas Passadas, em Terapia. 1a ed. Itapetininga, SP. trad. Agenor Mello Pegado e Thereza Reis, ARAI - JU, 1984. 203 p.

NÚCLEO DOS MÁGICOS PROFISSIONAIS DE NITERÓI, Míriade Mágica. Abril e maio 1965.

OPARIN, A. I. A Origem da Vida. Tradução Ed. Vitória, Rio de Janeiro, 1956.

PAPUS (Dr. G. Enausse). A Reencarnação. 1a ed. São Paulo, Pensamento, s. ed. 127 p.

PECOTCHE, Carlos Bernardo. Axiomas y Princípios de Logosofia.

PECOTCHE, Carlos Bernardo. El Mecanismo de La Vida Consciente.

PECOTCHE, Carlos Bernardo. Nueva Concepcion Política.

Pedro, apóstolo. 1. Epístola cap. IV, versículo 8, Bíblia.

PLANETA, Revista. Reencarnação. Planeta Especial número 151 - C. Grupo de Comunicação Três.

PIRES, J. Herculano. Parapsicologia Hoje e Amanhã. 3a ed. São Paulo. Edicel, 1969. 224 p.

RAIKOW, Vladimir. Aspectos Médicos da Pesquisa Experimental sobre Terapia e Hipnose. Trabalho apresentado no Seminário da seção de Bioinformação do Instituto de Radiotecnologia. A. S. Popov, Moscou, em 25 de fevereiro de 1966.

RAIKOW, Vladimir. Reencarnação por Hipnose. Ciência e Religião. n° 9, 1966.

RAUNSOL (C. B. Pecotche) El Espíritu.

RHINE, Joseph. Banks. The Reach of the Mind. s. ed. New York, William Slone, 1947.

RHINE, Louise. ESP in Life and Lab. s. ed. New York, Macmillan, 1967.

RICHET, Charles. Traité de Metpsiychique. s. ed. Paris. Felix Alcan, 1922. 84, 99 p.

RIGVEDA. O Mais Antigo Livro Veda.

ROCHA, Albert de. Les Vies Successives. s. ed. Paris. Charconae, 1908.

ROSENKREUZ, Christian. Fama Fraternitatis.

RUMI, Jalalu'l - Din. Mathnavi. 1207 a 1273 d.C. Sabedoria Sufi.

SEIMEI NO JISSO. Livro Sagrado da Seicho-No-Ie.

STEINER, Rudolf. Reencarnação e Carma.

STEVENSON, Ian. Twenty Cases Sugestive of Reincarnation. Proceedings of the American Society for Psychical Research vol. XXVI, September 1996. 362 p.

STEVENSON, Ian. Vinte Casos Sugestivos de Reencarnação. s. ed. São Paulo, Editora Difusora Cultural, 1970.

TALMUD, Código Civil e Religioso dos Judeus.

TANIGUSHI, Massaharu. Sutra Sagrada.

TRIMEGISTO, Hermes. Fragmentos Herméticos.

TRIMEGISTO, Hermes. O Livro dos Mortos.

TRIPITAKA, Escrituras Sagradas do Budismo.

UPANICHADES, Literatura Complementar dos Livros Vedas, 10000 a.C.

VEDAS, Escrituras Sagradas dos Hindus.

VIEIRA, Waldo. Projeciologia. 1a ed. Rio de Janeiro. Editora Brasil-América S.A. 1986. 900 p.

WAMBACH, Helen. Recordando Vidas Passadas. Tradução Octávio Mendes Cajado. s. ed. São Paulo, Pensamento, 1981.

WOOD, F. H. This Egyptian Miracle.

WHEELER, John. Superspace and Quantus Geometrodinamics.

ZEND-AVESTA. Livros Sagrados do Zoroatrismo.

Obrigado por comprar uma cópia autorizada deste livro e por cumprir a lei de direitos autorais não reproduzindo ou escaneando este livro sem a permissão.

Intelítera Editora
Rua Lucrécia Maciel, 39 - Vila Guarani
CEP 04314-130 - São Paulo - SP
(11) 2369-5377 - (11) 93235-5505
intelitera.com.br
facebook.com/intelitera
instagram.com/intelitera

Os papéis utilizados foram o Chambril Avena 80g/m² para o miolo e o Cartão Eagle Plus High Bulk 250g/m² para a capa. O texto principal foi composto com a fonte Sabon LT Std 12/17 e os títulos com a fonte Kozuka Mincho Pro 17/20.

Editores
Luiz Saegusa e Claudia Zaneti Saegusa

Direção editorial
Claudia Zaneti Saegusa

Capa
Mauro Bufano

Projeto Gráfico e Diagramação
Mauro Bufano

Revisão
Casa de Ideias

Finalização
Mauro Bufano

Impressão
Lis Gráfica e Editora

1ª Edição
2025

Esta obra foi editada anteriormente, com outra capa, mesmo conteúdo e título.

Dos Faraós à Física Quântica

Copyright© Intelítera Editora

Dados Internacionais de Catalogação na Publicação (CIP)
(Câmara Brasileira do Livro, SP, Brasil)

Di Bernardi, Ricardo
   Dos Faraós à Física Quântica / Ricardo Di Bernardi -- 1 ed. São Paulo : Intelítera Editora, 2012.

   ISBN: 978-65-5679-070-1

   1. Espiritismo 2. Reencarnação I. Título.

12-00657   CDD-133.90135

Índices para catálogo sistemático:
1. Reencarnação : Espiritismo   133.90135

Para receber informações sobre nossos lançamentos, títulos e autores, bem como enviar seus comentários, utilize nossas mídias:

🌐 intelitera.com.br
✉ atendimento@intelitera.com.br
▶ youtube.com/inteliteraeditora
📷 instagram.com/intelitera
f facebook.com/intelitera

🌐 icefaovivo.com.br

Esta edição foi impressa pela Lis Gráfica e Editora no formato 140 x 210mm. Os papéis utilizados foram o papel Chambril Avena 80g/m² para o miolo e o papel Cartão Eagle Plus High Bulk 250g/m² para a capa. O texto principal foi composto com a fonte Sabon LT Std 12/17 e os títulos com a fonte Kozuka Mincho Pro 17/20.